AF282464

HUMPELSTILZCHEN

oder

VIEL BLAU MIT GRÜN

Ursula Wohlfahrt

Humpelstilzchen

Eine Gaunergeschichte

Umschlaggestaltung: Uli Dümmer

in memoriam Inge

Der Erlös dieses Buches ist für das HILFSWERK EIFEL bestimmt.

Herstellung und Verlag: BoD – Books on Demand, Norderstedt

Bibliografische Information der Deutschen Nationalbibliothek
Die Deutsche Nationalbibliothek verzeichnet diese Publikation in der Deutschen Nationalbibliografie.
Detaillierte bibliografische Daten sind im Internet über http://dnb.de abrufbar.

©2022 Ursula Wohlfahrt
ISBN 9783756842858

Mittwoch, 3. September

„So einen heißen und trockenen Sommer hatten wir noch nie", überlegte August.
Im Juli hatten wir schon eine Woche lang Temperaturen um die 40 Grad. Jetzt, Anfang September, ist es wieder so heiß. Seit Tagen hing eine Hitzeglocke über der Stadt, die Menschen, Tieren und Pflanzen das Leben schwer machte. Die gestressten Bäume hatten ihre welken Blätter schon abgeworfen, viele Bäume waren vertrocknet.
Die Natur sah schon ganz herbstlich aus. Wie Mitte Oktober. Es war aber erst September, Mittwoch der dritte September.
August war auf dem Weg zur letzten Probe bei seinem Freund Peter. Sie probten schon seit drei Wochen für den Auftritt am Samstag.
Peter wohnte in der Nähe von August, der kürzeste Weg führte durch den Stadtpark.
August liebte den Park mit den alten Bäumen und den mannshohen Rhododendronbüschen.
In der Mitte des Parks lag ein Teich, der zu einem kleinen Tümpel geschrumpft war. Einige Enten und zwei Schwäne zogen dort ihre Runden. Ein paar Teichhühner versteckten sich in dem halbvertrockneten Schilf am Ufer.

Blumenrabatte umsäumten die großen Rasenflächen an den Eingängen zum Park. Der Rasen hatte große braune Stellen, die Blüten kümmerten vor sich hin und hatten großen Durst.

August vertrug die Hitze nicht gut. Er legte eine Verschnaufpause ein und setzte sich auf die Bank unter der alten Kastanie, die er so liebte. Sie hatte den Sommer erstaunlich gut überstanden. Sein Blick fiel auf sein Lieblingsbeet. Dort dominierte die Farbe Blau.

Blau liebte er besonders.

Der hell - und dunkelblaue Rittersporn blühte nur noch spärlich zwischen den weißen Rosen und den Vanilleblumen, die ihre Kraft zum Duften verloren hatten. Der Frauenmantel hing müde um sie herum.

Kinder hatten ihren Spaß daran, mit ihren Schuhen das trockene Laub auf der Erde zu durchpflügen. Es raschelte dann so schön.

August vermisste den Duft des Sommers und erinnerte sich an seine Kindheit.

Im Garten seiner Großeltern erschnupperte er zu jeder Jahreszeit andere Gerüche:

Im Winter überlagerte der zarte Duft des Schneeballs den Geruch des Schnees.

Im Frühjahr sog er den Duft des Flieders und der Maiglöckchen ein, im Sommer berauschte er sich an dem Duft der gelben Kletterrose, deren Namen er vergessen hatte, deren Duft er aber unter tausend Düften wiedererkennen würde.

Am liebsten aber hatte er den unscheinbaren Nachtphlox.

In der blauen Stunde, wenn die Sonne gerade untergegangen war, hatte er oft alleine auf der Terrasse gesessen und sich von dem bonbon süßen Duft der kleinen weißen Blüten betören lassen.

Der Herbst hatte seine eigenen Gerüche: rosafarbener und weißer Phlox verabschiedete den Sommer mit Honigduft. Die Strohblumen rochen nach Maggi. Das Laub auf dem Boden ließ bei Nässe mit Modergeruch die Vergänglichkeit aller Dinge erahnen.

Erinnerungen beiseite!

Er musste zur Probe. Das Üben hatte sich gelohnt, nicht nur die beiden Freunde waren mit dem Ergebnis zufrieden.

„Schade, dass man deine Stimme nicht öfter hören kann. Du hättest Opernsänger werden sollen, August, und nicht Kunstprofessor", lobte Peters Frau Paula den Gesang.

„Gefallen dir meine Bilder nicht?"

„So war das nicht gemeint, August", beeilte sie sich zu sagen. „Deine Bilder finde ich gut. Aber du singst auch wunderbar. Ich könnte dir stundenlang zuhören. Tatjana ist doch bestimmt auch begeistert von deiner Stimme."

„Zuhause singe ich nicht mehr. Nur noch im Auto. Mein Chauffeur ist ein geduldiger Zuhörer."

Mit dem üblichen Sherry amontillado beendeten Peter und August die Probe.

„Wenn es Samstag auch so klappt wie heute, können wir beide stolz sein. Prost!"

Bei dem heißen Wetter war der Schluck Sherry keine gute Idee.

Auf dem Rückweg bemerkte August eine Schläfrigkeit, gegen die er mit einem Eis ankämpfen wollte.

Direkt neben dem Eingang zum Park lag eine Eisdiele, nein DIE Eisdiele überhaupt. Mit dem leckersten Eis in der Stadt. Bellini verstand sein Handwerk.

August schaute sich nach einem freien Tisch unter einem Sonnenschirm um, doch dort waren alle Tische besetzt.

Am Rand der Terrasse saßen drei Freundinnen seiner Frau und winkten ihm zu. Aber er hatte nicht die geringste Lust, sich zu ihnen zu setzen und nickte ihnen nur einen kurzen Gruß zu.

Die Warteschlange an der Eisausgabe war lang, dennoch schloss er sich ihr an.

Ein kleiner Junge neben ihm, er mochte vier Jahre alt sein, lutschte an seinem Eis und schaute abwechselnd auf die Litfaßsäule und auf ihn.

Immer und immer wieder.

„Bist du das auf dem Bild?" fragte der Kleine schließlich.

August nickte.

Dann zupfte der Junge August am Hosenbein und bat ihn:

„Kannst du mir mal vorlesen, was auf dem Bild steht? Ich kann noch nicht lesen. "

August schmunzelte.

„Samstag, 6. September, 20 Uhr in der Stadthalle

Verleihung des Ruhrlandtalers an August Ogüst".

Der Kleine sah August verständnislos an, doch bevor er dem Kind erklären konnte, was das bedeutete, zog seine Mutter es mit den Worten "Du sollst doch nicht immer fremde Leute ansprechen!" unsanft zur Seite.

August überlegte nicht lange, welche Eissorte er aus dem riesigen Angebot nehmen sollte und entschied sich für Pistazie-Malaga-Salzkaramel.

Das machte 3 Euro.

Er bezahlte mit einem Fünf-Euro-Schein.

Das Wechselgeld ließ er liegen, weil er nur zwei Hände hatte, die eine für das Eis, die andere für seinen Gehstock. Genüsslich lutschte er an dem Eis und setzte seinen Weg nach Hause fort.

Die Freundinnen seiner Frau schauten ihm nach. "Naja, der Jüngste ist er auch nicht mehr", urteilte die Superblonde und nippte an ihrem Cappuccino.

„Wenn er nur nicht so humpeln würde und etwas größer wäre. Tatti ist fast einen Kopf größer als er", meinte ihre Nachbarin.

Die Freundin mit den knallroten Lippen nickte zustimmend.

„Obwohl er keine gute Figur abgibt, hat er doch das gewisse Etwas. Erfolgreich ist er auch. Eine richtig gute Partie. Ich verstehe gar nicht, warum Tatti ihn verlassen will."

Die Superblonde starrte sie fassungslos an.

„Was sagst du?" Ihr fiel fast die Tasse aus der Hand

„Ja, Tatti hat es mir selbst gesagt. Sie hat einen Lover, der soll wahnsinnig gut aussehen und sooo lieb sein."

„Ich fass es nicht!!"

Die Blonde war entsetzt.

„So dumm kann Tatti doch nicht sein. Sie kann doch nicht den sicheren Ehehafen so mir nichts dir nichts verlassen. Morgen habe ich einen Termin bei ihr, da werde ich ihr auf den Zahn fühlen. Nee, das glaub ich nicht!"

Gut, dass August die Unterhaltung nicht hören konnte.

Bis zum Haus der Familie Ogüst war es nicht mehr weit.

Zur Straße hin war sein Haus durch einen hohen Zaun vor fremden Blicken geschützt. Der Zaun wirkte wie eine Hecke, denn er war mit unterschiedlichen Sträuchern so durchwachsen, dass man das Metallgeflecht nicht mehr sehen konnte. Der Zaun zum Nachbargrundstück hin war nicht ganz so hoch und hatte ein kleines Tor, das niemals abgeschlossen war.

Früher waren die beiden Grundstücke durch eine hohe Mauer getrennt. Als diese brüchig wurde, einigten sich die Familien Ogüst und

Hartmann auf eine weniger strenge Abtrennung, denn sie waren gute Nachbarn.

August Ogüst war ein gern gesehener Gast bei Hartmanns, die nun schon in der vierten Generation eine Gaststätte betrieben.

Das einst beliebte Gartenlokal hatte sich im Laufe der Jahre zu einem Feinschmecker-restaurant entwickelt. Heinrich der Vierte (alle erstgeborenen Söhne wurden Heinrich genannt) hatte es mit einem außergewöhnlich delikaten Gemüseeintopf zu einem Stern im Guide Michelin gebracht. Voller Stolz nannte er das Gericht „Topf Heinrich der Vierte". Obwohl es ein fleischloses Gericht war, wurde es der Renner - oder gerade deswegen.

Ein weiteres Highlight auf des Speisekarte war ein raffiniert abgeschmecktes Hühnerfrikassee, das Heinrich der Vierte nach einer Rezeptur von August Ogüst kreiert hatte. August war sehr stolz darauf, dass dieses Gericht unter dem Namen „Ogüsts Hühnchen" auf der Speisenkarte des Hauses Hartmann einen Platz gefunden hatte.

Hartmanns Haus war ein wuchtiges Gebäude mit dicken Bruchsteinmauern, die Villa der Ogüsts hingegen war im Stil eines englischen

Landhauses gebaut mit mehreren Erkern und einem ausladenden Walmdach.

Ein moderner Wintergarten aus Glas und Stahl erstreckte sich über die ganze Südfront. August hatte ihn vor vielen Jahren als Atelier für seine erste Frau bauen lassen Der Anbau war zwar neutral, aber er passte dennoch nicht zum Haus. Heute hatte seine zweite Frau im rechten Teil des Wintergartens ihren Schönheitssalon.

Vor fünf Jahren hatte August die hübsche Kosmetikerin Tatjana kennengelernt.

Sie war Verkäuferin in der Drogerie, in der er immer sein Rasierwasser kaufte. Ihre aquamarinblauen Augen hatten ihn sofort fasziniert und ihn zu einem neuen Gemälde inspiriert. Ein Aquamarinblau sollte die vorherrschende Farbe werden und ein wässriges Grün die Komplementärfarbe.

Nach kurzer Zeit hatte er sein neues Werk vollendet und stellte es seiner Angebeteten vor.

„Ich habe deine blauen Augen gemalt."

Tatjana war angenehm überrascht. Sie hatte ihm doch nie Modell gesessen und er hatte auch nie ein Foto von ihr bekommen. Wie konnte er da ihre Augen malen?

Noch überraschter war sie, als er das Bild enthüllte.

„Nun, wie gefällt es dir, meine Liebe?"

Tatjana war entsetzt, sie sah nur blaue und grüne Kleckse.

Wie hässlich, dachte sie und sagte schließlich: „Die Farben sind sehr schön. Man muss das Bild nur mit dem Herzen sehen."

„Mit dem Herzen sehen", das hatte sie irgendwo mal gelesen.

„Das hast du schön gedeutet", hatte August ihre Kritik gelobt und sie dankbar geküsst.

Tatjana war dem altväterlichen Charme von August schnell verfallen. Darüber hinaus war sie sehr stolz darauf, dass ein so angesehener Professor und Künstler ihr den Hof machte und um ihre Hand anhielt. Sie heirateten schon einige Monate nach dem ersten Kennenlernen.

Ohne lange Diskussionen buchte August eine Karibik-Kreuzfahrt für ihre Hochzeitsreise und erfüllte Tatjana damit einen lang gehegten Wunsch. Sie wollte immer schon mal an weißen Palmenstränden baden und in tropischen Gewässern tauchen.

August hätte lieber nördlichere Länder besucht, weil er kühlere Regionen bevorzugte.

Immerhin konnte er auf Curaçao eine Likörfabrik besichtigen und seinen geliebten blue Curaçao direkt beim Hersteller kaufen.

Tatjana genoss das gesellschaftliche Leben an Bord in vollen Zügen. Bei den Landgängen suchte sie sich die abenteuerlichsten Ausflüge und Tauchkurse aus, während August mit anderen älteren Passagieren Städte und Land auf bequeme Art mit dem Bus erkundete.

Der letzte Abend der Traumreise war ein besonderer. Zum festlichen Abschiedsessen hatte der Kapitän die Hochzeitsreisenden an seinen Tisch gebeten: ein junges Paar aus Mecklenburg Vorpommern, ein rüstiges Goldhochzeitspaar aus dem Schwabenland und August und Tatjana. Des Weiteren dinierten am Kapitänstisch der Bruder des Kapitäns mit seiner Frau und deren Sohn Karl-Friedrich, der gerade promoviert hatte und sich jetzt „Dr. dent." nennen durfte.
August fühlte sich in dieser Runde sehr wohl.
Nach dem Essen gaben die Schwaben ein paar lustige Episoden aus ihrem langen Eheleben zum Besten.

August erzählte auf seine geistreiche und humorvolle Art von seinen Kunstreisen, die ihn in viele Länder und auf alle Kontinente geführt hatten.

Die jungen Leute zog es auf die Tanzfläche. Das frisch vermählte Paar bewegte sich eng umschlungen und verliebt zur Musik.

„Darf ich Ihre Frau zu einem Tänzchen entführen, Herr Professor?" Mit einer leichten Verbeugung bat der Zahnarzt um Zustimmung. August nickte wohlwollend.

Mit einer ebenfalls leichten Verbeugung forderte der junge Mann Tatjana dann auf, reichte ihr den Arm und führte sie zum Tanz.

Früher war August ein guter Tänzer.

Er musste immer noch schmunzeln, wenn er an den Jux-Ball der Kunstakademie dachte, auf dem er für seine Can-Can-Einlage nicht nur viel Applaus, sondern auch den ersten Preis bekommen hatte.

Seit dem Autounfall war es mit der Tanzerei vorbei.

Er schaute seiner Frau zu, die sich an den jungen Zahnarzt schmiegte und sich glücklich lächelnd mit ihm im Rhythmus eines langsamen Walzers wiegte.

„Etwas mehr Abstand könnte nicht schaden", dachte August. „Wenn ich doch noch einmal so verliebt mit ihr tanzen könnte."

Wehmütig wiegte er sich im Walzertakt mit.

August gähnte. Es ging auf Mitternacht zu, er ging sonst immer nach den Nachrichten um Viertel nach zehn zu Bett.

Die Schwaben verabschiedeten sich gerade von ihren Tischgenossen, als Tatjana mit dem Zahnarzt wieder zu August an den Tisch zurückkam.

„Lass uns auch gehen", bat August seine Frau, „ich bin müde."

„Ach August, die Kapelle spielt gleich extra für uns einen Tango, so lange können wir noch bleiben, nicht wahr?"

August war davon nicht begeistert.

„Gönne mir und Karl-Friedrich doch noch den letzten Tanz, Humpelstilzchen", bettelte Tajana.

Hum-pel-stilz-chen hatte sie gesagt.

August war zutiefst verletzt.

Humpelstilzchen war nicht unachtsam daher gesagt, es war eine Wortschöpfung, die viel verriet.

Mitleid? Verachtung?

August hätte sich von seiner frisch angetrauten Frau mehr Taktgefühl gewünscht. Humpelstilzchen war sicherlich nicht böse gemeint, aber es stimmte ihn sehr nachdenklich.

Doch er war nicht nachtragend und verwirklichte bald nach der Hochzeit einen weiteren Traum von Tatjana: Er richtete ihr ein Beauty-Studio ein.

Tatjana war ihm dafür sehr dankbar, denn ein eigenes Schönheitsinstitut hätte sie sich nie leisten können, schon gar nicht in einem der vornehmsten Viertel der Stadt.

Als Frau des bekannten Professors Ogüst genoss Tatjana sofort höheres Ansehen. Zuvor war sie nur die nette kleine Kosmetikerin von Douglas.

Es hatte sich bei den Damen der „besseren" Gesellschaft schnell herumgesprochen, dass sie einen guten Geschmack hatte und hervorragende Arbeit leistete. Mancher Dame mit schon sehr reifer Haut, verlieh Tatjana dank teurer Cremes und Farben wieder ein jugendliches Aussehen.

Tatjana fand Gefallen daran, dass August ihr ein bequemes luxuriöses Leben ermöglichte. Sie mochte ihn deswegen, aber sie liebte ihn nicht genug, um seinen Herzenswunsch zu erfüllen: August wäre gerne Vater geworden.

Sie wollte aber auf keinen Fall ein Kind bekommen, weil sie befürchtete, dass eine Schwangerschaft ihrer Figur abträglich sein könnte.

Außerdem hasste sie kleine Kinder, und die Verantwortung für so kleine Wesen wollte sie nicht übernehmen. Ihr Mann war schließlich 30 Jahre älter als sie. Wegen seiner Beschwerden würde er vielleicht nur noch 10 oder 20 Jahre leben, dann wäre sie mit 40 oder 50 Witwe.

Manchmal wünschte sie sich einen jungen, attraktiven Mann.

Aber welcher junge Mann könnte ihr wie August so ein unbeschwertes Leben bieten?

*****

Neben der Ogüstschen Villa lag das „Kutscherhaus", mit Stall und Remise, die heute als Garage dienten. Es war wie das Wohnhaus der Familie Ogüst im englischen Stil gebaut.

Das Garagentor war weit geöffnet, sodass man all die Edelkarossen sehen konnte, die sich in der Farbfolge des Regenbogens nebeneinander reihten:

ein knallroter Ferrari, ein orangefarbener Pontiac CTO, ein gelber Alfa Romeo, ein grüner Cadillac Fleetwood; der Platz für blau war leer, denn der blaue Maybach wurde gerade vor der Garage poliert; danach sah man den indigofarbenen Chevrolet Camaro und den violetten BMW V8.

Jede Farbe war einem bestimmten Wochentag zugeordnet. Professor Ogüst hielt sich strikt an die Reihenfolge. Nur zu besonderen Anlässen wich er von der gewohnten Routine ab.

Im Kutscherhaus wohnte seit 20 Jahren die Familie Woller mit ihrem Sohn Michael.

Dieter Woller war Chauffeur, Hausmeister und Gärtner, kurzum ein Mann für alles.

Martha Woller versorgte den Haushalt der Familie Ogüst. Als gute Köchin, war sie ein Segen für August, der ein großer Feinschmecker war!!

Frau Ogüst hatte weder Zeit noch Lust zum Kochen. Außerdem hatte sie es nie gelernt.

Der 16jährige Michael war schon fast ein Familienmitglied bei Ogüsts. Der alte Herr hatte einen Narren an ihm gefressen und liebte ihn wie ein eigenes Kind.

Als August durch die Toreinfahrt kam, verabschiedete sich Michael gerade von seinem Freund Klaus Hartmann aus dem Nachbarhaus.

Herr Woller polierte den blauen Maybach.

August bemerkte sofort, dass es seinem Fahrer nicht gut ging.

„Mensch, Dieter, wie siehst du denn aus?"

Er hielt seine Hand an Dieters Stirn.

Dieter schob sie energisch zur Seite und nuschelte etwas Unverständliches.

„Du hast ja Fieber", stellte Herr Ogüst fest.

„Ach, halb so schlimm. Ich bin doch gleich fertig."

„Komm, lass es gut sein, leg dich hin und kurier dich erst mal aus. Michael kann den Rest machen, nicht wahr, 13-9-3-8-1?"

August und Michael benutzten immer noch ihre Geheimsprache, die sie sich ausgedacht hatten, als Micha noch ein kleiner Junge war.

„Klar doch. Darf ich den Wagen dann auch in die Garage fahren?"

„Na gut, aber vorsichtig. Übrigens, 13-9-3-8-1, ich habe neue Briefmarken für dich, die kannst du dir heute Nachmittag holen."

„Danke 15-16-1-1-21-7-21-19-20", freute sich Michael.

August begleitete Dieter zum Kutscherhaus und gab ihm ein paar Ratschläge, mit denen er das Fieber schnell bekämpfen könne. Dieter knötterte wieder vor sich hin.

Michael war stolz darauf, dass Herr Ogüst ihm seinen teuren Wagen anvertraut hatte.

Er polierte liebevoll die Kühlerhaube des alten Maybachs, bevor er ihn sicher in die Garage fuhr.

*****

Drei Gongschläge ertönten, hell und mit langem Nachhall. Der messingfarbene Gong hatte eine stumpfe Farbe angenommen. Nur in der Mitte, wo der Klöppel angeschlagen wurde, hatte er eine blanke Stelle. Mit dem Gong rief Martha jeden Mittag ihre Herrschaft zum Essen.

August beeilte sich, wusch sich kurz die Hände und ging ins Esszimmer, wo Tatjana schon auf ihn wartete.

„Hallo, Liebling", begrüßte sie ihn, „ist der Vormittagsspaziergang bei dieser Hitze nicht zu anstrengend gewesen?"

August nahm ihr gegenüber Platz. Die Sonne schien ihm direkt ins Gesicht.

„Ich habe mir mit einem köstlichen Eis etwas Abkühlung verschafft."

Martha servierte ein Kerbelsüppchen. Sie bemerkte, dass Herr Ogüst von der Sonne geblendet wurde, und zog die Rollos herunter.

„Du musst deinen Mann gut pflegen, Martha, damit er bald wieder auf die Beine kommt", wandte August sich an die Köchin.

„Heute Abend kann er zu Hause bleiben, ich nehme mir ein Taxi für die Fahrt zum Flughafen."

Martha nickte dankbar und verschwand wieder in die Küche.

Ein Duft von Blumenkohl zog ins Speisezimmer. August schnupperte.

Als Martha den Hauptgang brachte, stellte sie das Gemüse vor August und die Kartoffeln vor Tatjana ab. August zwinkerte ihr zu.

„Dass ich von dem Karfiole
eine Por-ti-on mir hole",

veränderte er den Reim von Wilhelm Busch und verteilte dabei die Blumenkohlröschen so ungeschickt auf seinem und Tatjanas Teller, dass die Tischdecke einige Saucenflecke abbekam.

„Warum muss Blumenkohl immer so stinken?",
meckerte Tatjana.

Dann wechselte sie schnell das Thema.

„Ich habe heute die Kollektion von Saphir-
Cosmetic bekommen", fuhr sie fort. „Herrlich
sage ich dir, die neuen Farben sind Spitze und
die Winterdüfte einfach umwerfend. Für meine
besten Kundinnen habe ich schon die
passenden Düfte herausgesucht."

„Wählen sich die Damen nicht selber aus, was
ihnen gefällt?", wollte August wissen.

„Ach, August, weißt du", schnabbelte sie
weiter, „ich kenne den Geschmack meiner
Kundinnen sehr genau, und sie verlassen sich
gern auf meine Vorschläge. Außerdem möchte
ich nicht, dass zwei Frauen gleichzeitig denselben Duft tragen. Willst du wissen, was ich
mir ausgesucht habe?"

August überhörte die Frage, dachte dabei an
seine Rosen, deren Duft er so sehr liebte.

Das Gemüse mit der leichten weißen Sauce, die
reichlich mit Muskat abgeschmeckt war, genoss
er mit langsamen Bissen.

Tatjana stocherte in ihrem Essen herum und
ließ die Hälfe ihrer Portion liegen.

„Ich habe leichte Kopfschmerzen und werde
mich, bis der Schneider kommt, ein wenig

hinlegen", klagte sie und massierte ihre Schläfen.

„Herr Moser hat übrigens eben angerufen, Frau Ogüst. Er kann heute erst um 15 Uhr kommen", teilte Martha ihr mit, während sie den Hauptgang abräumte.

„Umso besser", entgegnete Tatjana, „dann kann ich mich eine Stunde länger erholen. Auf die Nachspeise verzichte ich. Ach ja, Martha, heute Abend kommt noch eine Kundin, du kannst uns gegen 20 Uhr zwei Salate bringen, einen mit Putenstreifen, schön kross gebraten, und einen mit Schafskäse für mich. Und den Toast nicht so schwarz wie letztens."

Damit verließ Tatjana das Zimmer.

August wischte sich den Mund ab.

„Das Essen war köstlich, wie immer, meine Liebe", lobte er die Köchin. „Dessert und Cappuccino serviere mir bitte im Herrenzimmer. Und wenn von dem leckeren Schokoladenkuchen von gestern noch etwas übrig geblieben ist ..."

„Aber nur ein ganz kleines Stück, Herr Ogüst, sonst gibt es wieder Krach mit Ihrer Frau", unterbrach Martha ihn lachend mit erhobenem Zeigefinger.

August lächelte verschmitzt.

„Ach, er schmeckt mir gar zu gut.
Ist gesunken mir der Mut,
hat er meine Seel´ erquickt
und mein Innerstes beglückt."

In Martha hatte er eine Verbündete gefunden, die ihn verstand und mit der er sich gegen die strengen Essensvorschriften seiner Frau wehren konnte.

Martha mochte wie er Schokolade und alles Süße, das wurde an ihrer und auch an seiner Figur sichtbar; Tatjana verpönte alle Dickmacher, eine schlanke Figur war ihr wichtiger als alles andere.

Im Nebenraum klingelte das Telefon.

Martha nahm das Gespräch entgegen und brachte August den Hörer.

„Herr Klammer für Sie."

„Ja, Peter, was gibt es?"

August war überrascht, dass Peter anrief, er war doch erst vor einer Stunde bei ihm gewesen.

„Können wir uns heute Abend treffen, August?"

„Das ist schlecht. Ich habe doch morgen den Vortrag in München und muss schon früh weg. Um 20 Uhr fliege ich ab Düsseldorf. Zu allem Unglück ist Woller krank geworden."

„Wenn es dir recht ist, kann ich dich zum Flughafen bringen und dir unterwegs erzählen, was ich mir ausgedacht habe."

„Warum hat er mir das nicht schon vorhin erzählt?", rätselte August und erwiderte:

„Das nehme ich gerne an. Danke. Spätestens um sechs müssen wir losfahren."

„Ich bin pünktlich bei dir. Bis dahin, alter Knabe."

„Bis dahin, altes Schlitzohr."

Peter Klammer war der treueste Freund von August.

Sie hatten von der Sexta bis zur Oberprima dieselbe Klasse im städtischen Gymnasium besucht und zusammen ihr Abitur gemacht.

Peter war Banker geworden und leitete die Filiale der Stadtsparkasse bei der August seine Konten hatte.

Peter Klammer wusste genau, wie es um die Finanzen seines Freundes stand.

Es sah nicht gut aus.

Der aufwändige Lebensstil des Professors hatte sein Vermögen langsam, aber sicher aufgefressen.

Von Jugend an kannte August nur Luxus, er konnte sich jeden Wunsch erfüllen.

Sein Vater war ein angesehener und viel beschäftigter Architekt, die Mutter hatte eine gutgehende Schuhfabrik geerbt und gewinnbringend verkauft. Geldsorgen waren der Familie fremd.

Seine erste Frau, Elvira hatte zudem eine beachtliche Mitgift und edlen Schmuck mit in die Ehe gebracht, da konnte man sich all die kostspieligen Dinge leisten, die für Geld zu kaufen waren. Das Vermögen schrumpfte dennoch nicht.

Nach Elviras Tod änderte sich die Lage rasch.

August konnte den Tod seiner Frau nicht verschmerzen und führte ein ausschweifendes Leben, um sich von seinem Kummer abzulenken.

Außerdem war er kein Geschäftsmann, haushalten hatte er nicht gelernt, Geld war für ihn nur zum Ausgeben da. Von seiner Kunst alleine konnte er allerdings nicht leben; so schmolz das Erbe schnell dahin.

Leichtfertig wie er war, konnte er seit drei Jahren seinen luxuriösen Lebensstil nur noch mit Krediten finanzieren, die er problemlos erhielt, weil er noch über Grundbesitz verfügte. Aber die Kredite mussten mit hohen Zinsen abgezahlt werden. Und die Zinsspirale drehte sich unaufhörlich weiter.

Eine Hypothek auf sein Haus wollte August nicht aufnehmen, und seine teuren Autos waren nur geleast.

Mitte September stand eine neue Ratenzahlung an; Peter Klammer wusste, dass August die notwendige Summe dafür nicht aufbringen konnte.

Über eine Verlängerung des Kredits konnte er als Filialleiter nicht alleine entscheiden.

Peter Klammer zerbrach sich den Kopf, wie er August aus der Klemme helfen könne.

Die Lösung sah er im Verkauf der wertvollen Schmuckstücke von Elvira, deren Expertisen er in seinem Safe in der Bank aufbewahrte.

August wäre alle Sorge los, wenn er auch nur eines der Colliers verkaufen würde. Aber Peter kannte seinen Freund zu nur gut; die Not könnte noch so groß sein, er würde sich nie von Elviras Schmuck trennen.

Im Herrenzimmer nahm August in seinem bequemen Sessel Platz (per Knopfdruck konnte man ihn in einen Liegesessel verwandeln) und schlürfte seinen Cappuccino.

Dieser Sessel und ein Regal waren die einzigen Möbel, die er im Laufe der Jahre neu angeschafft hatte, sonst war der Raum immer noch so eingerichtet wie zu Zeiten seines Großvaters.

In einem Regal hatte August seine Eisenbahnsammlung untergebracht.

Der wuchtige Schreibtisch und der riesige Bücherschrank waren schwarz gebeizt, ebenso der runde Tisch und die drei Sessel.

Als Kind hatte August sich vor diesen dunklen Möbeln gefürchtet und sich gefragt, warum diese Raubtierpranken als Füße hatten. Die beiden Seitentüren des Bücherschranks hatten Löwenköpfe als Türknauf.

Er hatte immer Angst gehabt und befürchtet, dass die wilden Tiere lebendig werden und aus dem Schrank herausspringen könnten. Dann hätte er sich hinter dem Vorhang versteckt und die Terrassentür geöffnet, um über die Terrasse zu fliehen.

Geliebt hatte er die Schreibtischgarnitur aus Marmor.

In deren Mitte saß Friedrich der Große mit dem typischen Dreispitz auf dem Kopf, seine beiden Windhunde lagen ihm zu Füßen, in der Hand hielt er einen Spazierstock, den man drehen konnte.

Wenn man ihn nach links drehte, öffnete sich eine Klappe und ein Tintenlöscher tauchte auf. Die Figuren waren aus Bronze, die würfelförmigen Behälter für die Tintenfässer links und rechts aus Marmor.

„Wenn du mal tot bist, Opa", hatte August einmal gebettelt, „dann bekomme ich den alten Fritz, nicht wahr?"

„Aber sicher, mein Kind", hatte der Opa lächelnd entgegnet.

Die alten Ölgemälde mit den vergoldeten Stuckrahmen hatte August aus dem Zimmer verbannt und durch seine eigenen Werke ersetzt, die er an blanken Galerieschienen aufgehängt hatte.

Das Bild „Viel Blau mit Grün Nr. 1" war das größte von allen. Dieses Bild liebte er besonders und hatte es so aufgehängt, dass er es vom Schreibtisch aus sehen konnte.

Die kleinen Änderungen und der Mix aus Alt und Neu hatten dem Raum die Düsternis genommen.

Eigentlich wollte August die Zeitung lesen, aber er schlief, nachdem er ein paar Zeilen gelesen hatte, so fest ein, dass er Michaels Klopfen nicht hörte.

Michael öffnete vorsichtig die Tür und kam leise ins Zimmer.

Auf dem runden Tisch stand immer die Schale mit Umschlägen, von denen Michael die Briefmarken ausschneiden durfte.

Michael wollte die Marken nicht für sich. Sein Klassenlehrer sammelte sie für die Anstalt Bethel und freute sich immer über die schönen Marken aus dem Ausland.

Der Junge holte sich gerade eine Schere vom Schreibtisch als August aufwachte.

„Hallo 13-9-3-8-1. Wie lange bist du schon hier?"

„15-16-1-1-21-7-21-19-20 ich bin gerade eben erst gekommen."

Martha kam herein.

„Herr Moser ist schon bei Ihrer Frau, Herr Ogüst. Sie möchte gern den weißen und den grünen Schmuck zu dem neuen Kleid probieren."

Zu ihrem Sohn gewandt, meinte sie:

„Werde Herrn Ogüst nur nicht lästig."

August beruhigte sie und versicherte ihr, dass er den Jungen gerne um sich habe.

Er stand auf, ging zur Bilderwand und schob das Bild „viel Blau mit Grün Nr. 1" zur Seite, denn dahinter war der Tresor verborgen.

August summte vor sich hin.

Michael beobachtete ihn genau und hörte aufmerksam zu .

Während er den Tresor öffnete, trällerte er: „Ach, wie gut, dass niemand weiß, dass ich 5-2-2"...

In diesem Moment fiel Micha die Schere aus der Hand, sodass er den Rest nicht mehr verstehen konnte.

Im Tresor bewahrte August die sieben kostbaren Schmuckensembles seiner verstorbenen Frau auf, jedes in einer Schatulle aus poliertem Wurzelholz. Die Schatullen für den Schmuck hatte er eigens von seinem Schreiner anfertigen lassen.

Jedes Kästchen war mit einem Messingschild versehen, in das der Name des jeweiligen Edelsteins eingeritzt war. Diamant, Saphir, Opal, Rubin, Smaragd, Zitrin und Amethyst.

Ein Ensemble bestand aus Halskette, Armreif und Fingerring. August suchte die beiden gewünschten Schatullen heraus. „Hoffentlich entscheidet sie sich nicht für das Diamantcollier", dachte er, denn das war

Elviras Hochzeitsschmuck. Elvira und ihre Mutter waren die einzigen Frauen, die diese Juwelen bisher getragen hatten. Und so sollte es bleiben.

Das Collier mit Smaragden war unvergleichlich wertvoller, aber damit verknüpfte August keine besondere Erinnerung, obwohl es für Elvira von großer Bedeutung gewesen war.

Charles Levier, Elviras Vater, war ein angesehener Goldschmied in München und ein Zauberer, wenn es um erlesene Schmuckstücke ging. Für ihn waren Schmucksteine nicht nur leblose Steine, sondern lebendige Materie, deren Glanz und Farbe ihn faszinierten. Er schätzte die innere Kraft der Edelsteine, weil er daran glaubte, dass sie Menschen beruhigen, trösten und erheitern konnten.

Mit viel Liebe fertigte er die Schmuckstücke mit den wertvollen Steinen und hoffte darauf, dass sich die positiven Kräfte auf die Trägerinnen auswirkten.

Für seine Frau hatte er vor vielen Jahren zur Verlobung ein Ensemble aus Saphiren gefertigt. Die Steine waren so blau wie ihre Augen.

Zur Hochzeit entwarf er für sie eine Platinkette, die mit den schönsten und größten Diamanten besetzt war, die er zu jener Zeit bekommen konnte.

Zur Geburt ihrer Kinder, de Zwillinge Claude und Elvira, bekam seine Frau das wundervolle Collier mit den leuchtenden Rubinen.

Manche Steine kaufte Levier in den Ursprungsländern.

Für seine heiß geliebten Opale reiste er nach Australien.

Die Smaragde für Elviras Kette, die sie als Belohnung für ihre Doktorarbeit bekam, holte er in Kolumbien.

Sein Sohn Claude durfte ihn damals begleiten.

Nach dem Tod des alten Levier vor einigen Jahren, führte sein Sohn das Geschäft weiter.

Claude schätzte nur den materiellen Wert der Edelsteine, an deren innere Kraft wollte er nicht glauben.

August nahm die Schatullen mit den Diamanten und Smaragden aus dem Tresor und brachte sie, nachdem er den Tresor wieder geschlossen hatte, in das Ankleidezimmer seiner Frau, wo die Anprobe stattfand.

Martha hatte eine Platte mit Pfirsichwürfeln und Melonenkugeln bereitgestellt, dazu Picker aus buntem Glas. Servietten hatte sie auch nicht vergessen.

August fischte sich die Pfirsichstücke heraus, weil er die süßeren Früchte liebte.

Mit Bewunderung schaute er auf seine Frau.

Tatjana sah in dem grünen Kleid schön wie eine Göttin aus.

„Auf meiner Geburtstagsfeier wird sie der Star des Abends sein", dachte er.

Für Frau Ogüst hatte Schneider Moser einen Traum aus Spitze und Seide entworfen. Das eng anliegende ärmellose Oberteil hat er aus grüner Spitze gearbeitet mit einem tiefen Ausschnitt, der Rückenausschnitt war noch etwas tiefer. Für den schwingenden Rock, der hinten in einer kleinen Schleppe auslief, hatte er Seide und Voile gewählt. Ein Bolerojäckchen aus Spitze und eine Samtstola vollendeten das Ensemble.

„Den Ausschnitt könnte ich noch etwas raffinierter, spitzer zulaufen lassen", schlug der Schneider vor. Dann steckte andächtig die Änderung ab.

„So ist es perfekt, meinen Sie das nicht auch Herr Professor?"

„Gewiss", stimmte dieser zu und holte die Ketten aus den Schatullen.

Zuerst legte August seiner Frau die Halskette mit den Brillanten um.

Schneider Moser traute seinen Augen nicht, so feinen Schmuck hatte er im Leben noch nicht gesehen.

„Wundervoll, traumhaft", stotterte er.

Als August die Smaragdkette um Tatjanas Hals legte, verschlug es ihm vollends die Sprache.

„Dieses Grün passt ganz genau, wir nehmen die Smaragde", meinte Tatjana kurz entschlossen.

August war froh, dass sie sich für die Smaragde entschieden hatte, und stimmte ihr zu.

Herr Moser strich vorsichtig über die kostbaren Steine, die schon die Wärme von Tatjanas Haut in sich aufgenommen hatten. Er war beglückt, dass er so kostbare Edelsteine ertasten konnte und fand langsam seine Sprache wieder.

„Wundervoll, ganz wundervoll!" stotterte er. „Aber vollkommen wäre das Collier erst , wenn hier" - er zeigte mit beiden Händen die Stelle auf Tatjanas Dekolletee an - „wenn hier ein großer Tropfen den Abschluss bilden würde."

August überlegte nicht lange.

„Ich könnte meinen Schwager fragen, ob er etwas Passendes vorrätig hat. Heute Abend fliege ich eh nach München."

August legte die Schmuckstücke wieder in die Schatullen, naschte noch einmal an den Pfirsichen und ging ins Herrenzimmer zurück.

Tatjana drehte sich wie ein eitler Pfau vor dem Spiegel hin und her, sie fühlte sich in dem grünen Kleid so glücklich.

„Am liebsten würde ich es gar nicht mehr ausziehen. Herr Moser, Sie haben wirklich etwas einmalig Schönes für mich kreiert, ich bin ihnen sehr dankbar dafür." Herr Moser senkte bescheiden seinen Blick und verabschiedete sich mit einem Handkuss von Frau Ogüst.

„Freitag ist Ihr Kleid fertig, gnädige Frau. Ich lasse es dann bringen."

Tatjana nickte dankbar und wollte ihn zur Tür begleiten.

„Danke", sagte Herr Moser, „ich finde den Weg schon allein."

Claude Levier hatte sein Juweliergeschäft und seine Werkstatt in München, aber wenn er besondere Stücke entwerfen musste, zog er sich gern in sein Landhaus am Tegernsee zurück.

Das geräumige Blockhaus war sein Elternhaus.

Schon sein Vater hatte hier gewohnt und seine erste Werkstatt in diesem Haus eingerichtet, bevor er in München einen größeren Betrieb eröffnete.

Claude erinnerte sich gerne an die unbeschwerte Kindheit, die er mit seinen Eltern und seiner Schwester Elvira in Tegernsee verbrachte. Er kam, so oft es seine Zeit erlaubte, auch heute noch hierher.

Von außen sah man dem Haus nicht an, dass es ein Hochsicherheitsbau geworden war.

Aus Angst vor Einbrechern hatte Claude es mit bestmöglicher Sicherheitstechnik ausgestattet. Das Fenster seiner „Wirkstatt" hatte er von innen und außen vergittern lassen. Um den gesamten Arbeitsbereich hatte er einen Gitterkäfig errichten lassen. So kam er sich zwar wie in einer Gefängniszelle vor, aber er fühlte sich sicherer.

Claude sortierte gerade grüne Steine, als sein Telefon klingelte.

„Hallo Claude, hier ist August."

„Salut, August. Lange nichts mehr von dir gehört."

„Du musst mir einen Gefallen tun und..."

Claude lächelte hinterlistig: „Die Smaragdkette, wie ich vermute."

„Gedankenübertragung. Wie kommst du darauf?"

„Es ist doch die Letzte, die noch nicht habe, ich meine, die ich noch nicht kopiert habe."

„Es ist nicht das, was du vermutest, Claude. Für die Kette suche ich einen tropfenförmigen Anhänger. Tatjana trägt den Schmuck auf meiner Geburtstagsfeier am Samstag, und ihr Schneider meint, dass ein Tropfen die Kette noch vervollständigen würde. Hast du etwas Passendes auf Vorrat?"

„Große Smaragde sind heutzutage unerschwinglich. Ich könnte dir mit Grasperlen aushelfen."

„Grasperlen?"

„Ach, Quatsch, ich meine natürlich Glasperlen. Ich habe ein paar schöne Tropfen hier, die sich für die Kette eignen würden."

„Du kannst doch keine Glasperlen an eine so kostbare Kette hängen!" August war entsetzt von dem Vorschlag

„Doch, kann ich! Man sieht überhaupt keinen Unterschied", versicherte Claude. „Aber die Zeit ist knapp."

„Ich halte morgen einen Vortrag in München, dann könnte ich dir das gute Stück vorbeibringen."

„Ich bin aber in Tegernsee."

„Dann komme ich eben nach Tegernsee, wenn es dir recht ist."

„Gut, mein lieber Schwager, das kriege ich hin."

„Danke, bis morgen!"

„Pfiat di."

August war erleichtert und teilte seiner Frau sofort mit, dass sein Schwager das Collier ändern könne.

Tatjana gab ihm einen flüchtigen Kuss auf die Stirn.

„Du bist so großzügig, mein Lieber", flüsterte sie ihm ins Ohr.

„Für dich ist mir doch nichts zu teuer, meine Liebe."

*****

Für Erwin und seinen Freund Siggi war die Welt nicht mehr in Ordnung.

Erwin war Karosseriebauer, Siggi Schweißer, sie hatten ein gutes Auskommen und eine hübsche Wohnung in der Essener Stadtmitte. Seit einigen Jahren lebten beide in einer eingetragenen Partnerschaft.

Vor drei Monaten wurden sie arbeitslos.

„Wat solln wir gezz nu machen? Wenze über fuffzig bis krisse doch keine Maloche mehr", jammerte Erwin.

„Von dat bisken Gelt, dat wir uns auffe Seite jelecht ham, können wa hier in dat teure Stadtcenter auch nich mehr lange wohn bleim. Scheiss Leb`n. Und sonne schöne Wohnung wie hier krisse schomma gaa nich mehr."

Glücklicherweise fanden sie am Stadtrand eine preiswertere Bleibe.

Das Haus war zwar etwas heruntergekommen, hatte aber einen kleinen Garten und eine Garage für ihr Auto.

Als sie sich gerade eingelebt hatten kam der Einschreibebrief. Erwin ahnte nichts Gutes als er ihn öffnete. Er wurde kreidebleich und las laut vor:

„Sehr geehrter Herr Schneider,

wir haben das Haus an eine Wohnungsbaugesellschaft verkauft. Leider müssen wir Ihnen mitteilen, dass der neue Eigentümer das Gebäude im Januar abreißen lassen will, darum kündigen wir das Mietverhältnis zum Jahresende.

Mit freundlichem Blabla bla"

Erwin und Siggi waren schockiert.

„Die könn uns doch nich so eimfach auffe Straße setzen!"

„Die hohen Härrn tun doch nich anne Mieters denken!"

43

„Sarrich doch, die wolln nur Profitt machen!"

Dann tauchte plötzlich Erwins Bruder Franzl aus Norddeutschland auf. Franzl, 10 Jahre jünger als Erwin, war ein Allroundmann, jobbte mal als Taxifahrer, Kellner, Begleitperson oder Wachmann. Dank seines guten Benehmens und ebenso guten Aussehens fiel es ihm leicht Kontakte zu knüpfen; mit seiner Redegewandtheit erreichte er alles, was immer er auch erreichen wollte.
Die Brüder hatten lange Zeit keinen Kontakt mehr zueinander und Erwin wunderte sich, dass Franzl sich an ihn wandte.
„Ich habe in Essen zu tun", erklärte er. „Kann ich für kurze Zeit bei dir wohnen? Ich werde nicht länger als eine Woche bei dir bleiben."
Erwin konnte ihm die Bitte nicht abschlagen.
Und so lebten sie zusammen.

Es blieb nicht bei einer Woche, nach drei Wochen war Franzl immer noch bei seinem Bruder.
Erwin wunderte sich über Franzls Freigiebigkeit. Er lud ihn und seinen Freund zum Essen und zu Kinobesuchen ein. Er zahlte auch all die Dinge, die sie zum täglichen Leben brauchten.

„Wo hat der nur die ganze Kohle wech? Dat bringt ein am Denken", wunderte sich Erwin.

„Dat is mich doch scheißegal. Haupsache is, dass er nich für umsons bei uns untakriecht", antwortete Siggi.

„Hört mal", hatte Franzl an diesem Morgen gesagt. „Wenn ihr raus wollt aus diesem Loch, kann ich euch helfen. Aber ihr müsst mir auch helfen."

Und dann erzählte er die unglaubliche Geschichte.

„Im Mai habe ich am Luganer See eine wunderschöne Frau kennen gelernt. Sie ist verheiratet, aber ich habe sofort gemerkt, dass sie in ihrer Ehe nicht glücklich ist, und darum habe ich mich liebevoll um sie gekümmert."

Er grinste vieldeutig.

„Sie hat das sehr genossen und ich habe schnell ihr Vertrauen erworben. Ach, sie war ganz vernarrt in mich und ist es heute noch."

„Und du hass dich in die valiebt."

„Ja sicher, so eine Frau muss man lieben."

„Und wo isse gezz?" erkundigte sich Erwin.

„Sie wohnt hier in eurer Stadt."

„Ach, dat is dat warumme hier bis!"

„Genau. Ich habe im Internet recherchiert und herausgefunden, dass ihr Mann eine bekannte Persönlichkeit ist und Kunstprofessor an der Folkwang Akademie. Und nun passt gut auf."
Franzl machte eine bedeutungsvolle Pause und leckte sich seine Lippen.

„Er besitzt sehr, sehr kostbaren Schmuck."

„Und du hasset auf die Klunkers abgesehen?", fragte Siggi amüsiert.

„Lach nicht so dämlich, das ist mein Ernst. Heute Abend werde ich herausfinden, wie ich an die Steinchen herankommen kann. Wollt ihr mir dabei helfen?"

Er machte eine eindeutige Handbewegung.

„Du bis verrückt, Franzl."

Erwin war entsetzt über seinen Bruder. Er hatte ihm ja schon immer nicht getraut. „Gezz isser wirklich auffe schiefe Bahn gekomm", dachte er.

Schon früher hatte Erwin ihm nicht über den Weg getraut und geahnt, dass etwas nicht mit rechten Dingen bei ihm zuging. Mit seiner Mutter hatte er über seine Vermutung gesprochen, aber die Mama wollte es nicht wahrhaben und nahm ihren jüngeren Sohn immer in Schutz.

Erwin erinnerte sich an die Schulzeit. Wenn die Nachbarin schimpfte, weil Franzl ihre Tomaten aus dem Garten gestohlen hatte, sein Lehrer sich über sein freches Verhalten beschwerte, oder ein Mitschüler Franzl beschuldigte, dass er sein Taschengeld geklaut habe, Mama hatte immer schützend ihr Hand über ihn gehalten und eine Entschuldigung parat.

Wie gut, dass sie nicht mehr erleben musste, dass aus ihrem Lieblingssohn ein richtiger Gauner geworden war.

Siggi bewunderte Franzl und war begeistert von seinen Ideen

„Ich habe alles bestens vorbereitet. Guckt mal."

Franzl zog seinen Personalausweis aus der Jackentasche und gab ihn seinem Bruder.

„So was kann ich euch auch besorgen."

Erwin prüfte das Dokument sehr genau.

Franzl Schwab, geb. 1.4.1975 in Oberhausen, Augenfarbe braun, Größe 182 cm, wohnhaft in 24849 Kiel - Nesseldorf, Büsumer Landstr. 18.

„Dat is doch allet nich wah. Warum hasse den gefälschten Ausweis? Mitten falschen Namen und ne falsche Adresse. Hasse Dreck am Stecken?"

Erwin schüttelte den Kopf.

Franzl hob seine Schultern und grinste nur.

Er reichte Siggi das Schriftstück.

„Echt klasse gemacht", lobte er die Arbeit.

„ Gibtet die Straße in echt?"

„Ach, Quatsch!"

„Kannze mich auch so einen machen für zu meine Identität zu vatuschen?"

„Klaro."

Erwin war entsetzt über die verbrecherischen Ambitionen seines Bruders.

„Den Schmuck kannze doch nich vakaufen. Wat hamwa dann von die ganzen Klunkers?"

„Klar, die Stücke können wir nicht zum Kauf anbieten, wir müssen sie schon in ihre Einzelteile zerlegen. Ich habe gute Verbindungen zu Leuten, die Edelsteine suchen und gut dafür bezahlen. Zuverlässige Leute. Wir fliegen nicht auf, es kann uns nichts passieren."

„Wie viel Kohle kannze für den ganzen Klumpatsch kriegen?", fragte Siggi. „Einhunderttausend? Zweihunderttausend?"

„Zwei Millionen schätze ich. Wir werden das Geld gut anlegen."

„Und von wat solln wa leben?"

„Etwas Bares behalten wir natürlich für uns zurück", beruhigte Franzl, „wir müssen nur vorsichtig mit dem Ausgeben sein um nicht aufzufallen. Das kennt ihr doch aus Krimis."

Franzls Handy klingelte, er sah, dass Tatjana anrief.

„Küsschen, Tatti……. ist ja bestens ….. schon früher? …… klar …… um sieben. Küsschen, Tatti!" Er rieb sich die Hände.

„Das läuft ja besser als ich gedacht habe. Ihr Alter fliegt heute Abend nach München, da kann ich ungestört eine Hausbesichtigung machen."

„Nur eine Hausbesichtigung?", grinste Siggi.

„Halt die Klappe, du frecher Knabe", entgegnete Franzl. „Es ist sehr wichtig für mein Vorhaben."

*****

Der 3. August Tag war für Peter Klammer ein ebenso trauriger wie für August Ogüst.

Vor genau 10 Jahren passierte der schreckliche Unfall, bei dem Elvira ums Leben gekommen war.

Peter machte sich immer noch Vorwürfe, obwohl er vor Gericht von fahrlässiger Tötung freigesprochen worden war und nur eine Strafe wegen Trunkenheit am Steuer zahlen musste.

Er fühlte sich dennoch schuldig.

In der denkwürdigen Nacht war er mit Elvira, ihrem Bruder und August durch München gezogen.

Claude hatte von einem Scheich aus Dubai einen großen Auftrag bekommen; das hatte er mit seinen Freunden im Sternerestaurant „Atelier" des Bayrischen Hofs gebührend gefeiert. Anschließend waren sie durch die Kneipen gezogen, die sie aus ihrer Studienzeit noch in guter Erinnerung hatten.

Normalerweise tranken August und Elvira nicht viel Alkohol, an diesem Abend hatten sie aber ein paar Gläser zu viel Sekt getrunken und waren in ausgelassener Stimmung, als sie nach Tegernsee heimfuhren.

Der Alkoholspiegel von Claude und Peter hielt sich in Grenzen. Sie losten aus, wer fahren sollte. Das Los fiel auf Peter.

Die beiden leicht Angetrunkenen hievten die schwer Angetrunkenen auf die Rückbank des Cabrios. August war still und schlief rasch ein und schnarchte leise vor sich hin.

Elvira war aufgekratzt und überaktiv.

So kannte Peter die sonst so ruhige Frau gar nicht. „Wie Alkohol die Menschen doch verändern kann", wunderte er sich.

Elvira quasselte in einem fort wirres Zeug, dann wiederum sang sie mit ihrer krächzenden Stimme alte Schlager.

„Schau mal, wie schön rund der Mond am Himmel steht", versuchte Peter die angetrunkene Frau abzulenken.

„Ach ja", lallte sie. „Schööön!" Und dann sang sie lauthals:

Guter Mond du gehst so stihille durch die Abendwoholken ‚hicks."

Kurz hinter der Stadtgrenze von München passierte es.

Elvira hatte den Sicherheitsgurt gelöst, umarmte Peter von hinten und nahm seinen Kopf in beide Hände.

„Du bist ja so süß, Peter", lallte sie.

Peter verlor die Gewalt über den Wagen.

Claude konnte nicht rechtzeitig eingreifen.

Der Wagen rutschte in den Straßengraben und überschlug sich.

Elvira wurde aus dem Auto geschleudert.

August wurde von seinem Sicherheitsgurt gehalten, erlitt aber schwere Kopf- und Beinverletzungen. Peter und Claude auf den Vordersitzen kamen mit leichten Blessuren davon.

Peter konnte das Geschehen nicht fassen.Völlig verstört löste er seinen Sicherheitsgurt und rannte zu Elvira. Claude rief sofort den Rettungsdienst und dann die Polizei an.

„Bring den Verbandskasten mit", hatte Peter ihm zugerufen. Claude hatte die Kiste zwischen den Sitzen hervorgeholt und war zu seiner Schwester gehumpelt.

Elvira hatte sehr viel Blut verloren.

„Ebbi, mein Schwesterlein, wach auf, du darfst nicht sterben," hatte Claude immer wieder unter Tränen gerufen und ihren Kopf gestreichelt. Peter hatte verzweifelt versucht, das Blut zu stillen. Aber vergeblich.

Der Notarzt kam zu spät und konnte Elvira nicht mehr retten.

August hatte alles verschlafen.

Auch seinen fünfzigsten Geburtstag.

Als er nach drei Wochen aus dem Koma erwachte, rief er mit schwacher Stimme nach seiner Frau.

„Warum antwortest du nicht, Ebbi?" August war verwirrt.

Dem alten Levier fiel die schwere Aufgabe zu, seinem Schwiegersohn August die Nachricht von Elviras Tod zu übermitteln. Der Schock war so groß, dass sich die Genesung um Wochen verzögerte.

Mit der Beerdigung wartete die Familie Levier solange, bis August wieder auf den Beinen war. An einem schönen Novembertag wurde Elviras Urne in Tegernsee beigesetzt.

Es war ein unendlich schwerer Tag für August. Die Erinnerungen an Elvira schmerzten so sehr.

Als der Schmerz unerträglich wurde, versuchte er sich mit anderen Gedanken davon abzulenken. Er dachte an seine Reisen, seine Arbeit und seine Bilder.

Ein wenig schämte er sich wegen seiner abwegigen Gedanken am Grab seiner geliebten Frau und fasste den Entschluss, als Strafe dafür den Verkaufserlös seiner Bilder für Kinder und Kultur zu spenden. Diese Verfügung ließ er später notariell beglaubigen und setzte das „Hilfswerk für kranke und benachteiligte Kinder" und „die Gesellschaft zur Erhaltung und Förderung der Plattdeutschen Sprache" als Empfänger der Zuwendungen ein.

August litt sehr darunter, dass ein Bein nach dem Unfall gelähmt blieb, und er, ob mit oder ohne Stock, nur noch humpelnd laufen konnte.

Pünktlich um sechs Uhr holte Peter seinen Freund ab. Die Hitze war nicht mehr so groß wie am Nachmittag, aber immer noch belastend, weil die Luft schwüler geworden war.

„Das ist kein Wetter für ältere Herren", klagte August und wischte sich mit einem Taschentuch den Schweiß von der Stirn.

„Ich wünsche mir den Herbst herbei. Aber wir haben ja schon September."

„Sei still, die kalte Jahreszeit kommt noch früh genug" entgegnete Peter. „Wir fahren doch mit meinem Wagen, der hat im Gegensatz zu deinen Oldtimern eine Klimaanlage."

„Ja, das ist angenehm", freute sich August. Ungeduldig fragte er seinen Freund: „Was wolltest du mit mir besprechen?"

Neugierig wartete er auf die Antwort.

Mit leiser, aber eindringlicher Stimme begann Peter.

„Wir beide wissen doch, dass du am 15. September Pleite bist. Mein Chef hat mir zu verstehen gegeben, dass er nicht gewillt ist deinen Kredit zu verlängern. Dagegen kann ich nichts tun.

Aber ich habe einen Plan. Während sich die Geburtstagsgäste am Samstag auf das kalte

Buffet stürzen, werde ich deinen Tresor aufschweißen. Es wird nach einem richtigen Raub aussehen, und du kannst deine Versicherung für den erlittenen Schaden in Anspruch nehmen. Wie findest du meine Idee?"

August schaute nachdenklich den vorbei rasenden Autos nach.

„Dein Vorschlag ist genial, aber glaubst du wirklich, dass du den Tresor aufbrechen kannst?"

„Als guter Hobby-Handwerker ist das kein Problem für mich", versicherte Peter seinem Freund.

„Mein Handwerkzeug bringe ich am Samstagmorgen zu deinem Geburstagsempfang mit, hübsch verpackt als Geschenk. Den Schmuck verbuddel ich nach getaner Arbeit in dem Rosenbeet vor deiner Terrasse unter deiner heißgeliebten Mozartrose."

August konnte sich ein Grinsen nicht verkneifen. „Du hast wirklich an alles gedacht."

„Und ich lass mich nicht von meinem Vorhaben abbringen", lachte Peter.

August wurde wieder ernst.

„Die ganze Aktion ist strafbar, Vortäuschung einer Straftat, Versicherungsbetrug, du kannst doch nicht für mich deinen Job riskieren, Peter! Das kann ich nicht zulassen."

„Was soll uns schon passieren? Keiner wird Verdacht schöpfen! Mach dir keine Sorgen, es wird klappen. Ganz sicher."

Eine Weile fuhren sie schweigend weiter.

Dann nahm Peter ein anderes Thema auf.

„Weißt du eigentlich, was man so über Tatjana erzählt?" Er sah August kurz von der Seite an und druckste ein wenig herum. Es schien, als wenn es August wenig interessierte.

„Ein Weiser prüft und achtet nicht, was der gemeine Pöbel spricht", sang August.

„Interessiert dich das wirklich nicht?"

„Ja doch, schieß los!"

„Paula erzählte mir, dass Tatjana ein Verhältnis mit einem ziemlich windigen Typen haben soll."

Jetzt war August sehr überrascht und schwieg. Nach einer Weile fragte er:

„Bist du Paula immer treu geblieben?"

„Das kann ich mit gutem Gewissen bejahen. Und du?"

„Elvira immer, Tatjana nicht immer."

Schweigend fuhren sie weiter, jeder hing seinen Gedanken nach. Sie waren froh, als sie den Flughafen erreichten.

„Soll ich dich morgen wieder abholen?"

August schüttelte den Kopf.

„Ich weiß noch nicht, ob ich morgen schon zurückfliege. Ich ruf dich an. Danke fürs Bringen."

„Hab ich doch gern gemacht. Mach´s gut."

„Mach´s besser."

„Wie gut, dass ich einen solchen Freund habe", dachte August

*****

Tatjana genoss die warme Abendsonne auf ihrem Balkon, genauso wie die Gäste gegenüber auf der Terrasse des Hotels Hartmann.

Sie hatte noch etwas Zeit, die nächste Kundin sollte erst in einer Viertelstunde kommen, bis dahin beobachtete sie interessiert die Menschen, die das Hotel betraten.

Diejenigen, die unter den Linden ein schattiges Plätzchen suchten, konnten direkt in den Park gehen, der durch Ligusterhecken in kleine Nischen aufgeteilt war.

Diese Nischen waren so groß, dass ein Tisch und sechs Gartenstühle darin Platz hatten. Sie gruppierten sich um einen Teich, in dem ein halbes Dutzend Kois herumschwammen. Das

Plätschern des Springbrunnens wurde von Stimmengewirr und Lachen übertönt.

Tatjana interessierte sich mehr für die Leute, die das Hotel durch den Haupteingang betraten.

Es war kurz vor sieben. Um sieben trafen sich die Eisenbahnfreunde im Keller des Hauses in der „Wartehalle". Der Raum war früher einmal die Hotelküche.

Nach dem Umbau vor drei Jahren hatten die alten Herren dort ihre Eisenbahnanlage aufgebaut und trafen sich jeden ersten Donnerstag im Monat.

Der Bäckermeister von der Hochstraße kam als Erster. Tatjana winkte ihm zu, aber er bemerkte es nicht. Der Bäcker war der älteste Bruder ihres Vaters. Sie mochte ihn gern, denn er hatte viel Ähnlichkeit mit ihrem Vater, den sie schon vor vielen Jahren verloren hatte.

Dann kam Peter Klammer mit dem katholischen Pastor, der unentwegt auf Peter einredete.

Studienrat Dr. Schäfer gehörte ebenfalls zu den Eisenbahnfreunden und eilte mit großen Schritten dem Haupteingang zu.

Der Mann von Tatjanas bester Freundin war auch mit von der Partie, ebenso ihr Hausarzt Dr. Klein. Hauptkommissar Walter Oberthäler kam mit Herrn Norbert Flasche, dem Chefreporter der Essener Tageszeitung; sie unterhielten sich angeregt.

Tatjana hätte zu gern verstanden, worüber sie sprachen, aber sie war zu weit entfernt um etwas verstehen zu können.

Sie hatte Herrn Flasche beim traditionellen „Rumtopf-Öffnen" mit den Eisenbahnfreunden kennengelernt.

August setzte jedes Jahr höchstpersönlich den Rumtopf an, und zwar mit Stroh Rum. Zu dem hochprozentigen, süßen Getränk gab es immer Baumkuchen, Nürnberger Lebkuchen und Printen, die Martha nach dem Rezept ihrer Großmutter backte. Schon im Oktober setzte sie den Teig an, damit er bis zum Advent gut durchziehen konnte.

Der starke Rumtopf verfehlte seine Wirkung nicht, die Eisenbahnfreunde kamen rasch in ausgelassene Stimmung. Vor zwei Jahren war Norbert Flasche zum ersten Mal beim Öffnen des Rumtopfes dabei. Er flirtete ausgiebig mit Tatjana, die die Aufmerksamkeit des attraktiven Reportes in vollen Zügen genoss.

Ihre Zuneigung zu dem schönen Mann wandelte sich aber in Wut und kalten Hass, nachdem er einen vernichtenden Artikel über Augusts Kunstwerke in seiner Zeitung veröffentlicht hatte. Sie strafte ihn fortan mit Nichtachtung.

August beachtete den Artikel gar nicht. Für ihn war Norbert Flasche nur ein Kunstbanause.

Tatjana wunderte sich, dass die Klassenkameraden von Michael und Klaus durch den Haupteingang ins Hotel gingen und nicht durch den Park. Aber sie konnte ja nicht wissen, dass, die Jungen der Elektronik AG von den alten Herren eingeladen worden waren, um ihnen bei der Digitalisierung der neuen Eisenbahnanlage zu helfen.

Über den Spieltrieb der Herren wunderte sich Tatjana. Tennisspielen, Golf und Segeln waren angemessene Hobbys für ältere Herren fand sie, aber sie hatte kein Verständnis dafür, dass gestandene Männer mit einer Mini-Eisenbahn spielten. Sie spielte ja auch nicht mehr mit ihren Barbie-Puppen.

Die Herren des Eisenbahnclubs waren froh, dass August an diesem Tag nicht anwesend war, denn so konnten sie in Ruhe das Geburtstagsgeschenk für ihn begutachten. Sie hatten bei Ebay eine Dampflok von Minitrix und eine Dampflok in Stromlinienform von Fleischmann ersteigert und freuten sich wie kleine Kinder zu Weihnachten über den Probelauf der beiden Loks.

Bevor Oberthäler seine Aufmerksamkeit den Erläuterungen von Dr. Schäfer über Digitalisierung im Einzelnen und Besonderen widmete, zog er Klaus beiseite um ihm mitzuteilen, dass seine Praktikumsstelle in seiner Dienststelle bewilligt worden sei. Klaus freute sich riesig.

„Dann sind wir Kollegen, mein Freund. Und ich hoffe, dass du besser bist als die übrigen Praktikanten, damit du Aussichten auf einen Posten in unserer Dienststelle hast. Ich freue mich auf dich."

„Danke, ich mich auch. Wann darf ich anfangen?"

„Nach den Herbstferien. Aber jetzt musst du mir erst mal bei meinen Eisenbahnproblemen helfen. Von Elektronik habe ich nämlich überhaupt keine Ahnung."

*****

Frau Woller hatte die Salate für Frau Ogüst angerichtet und Michael brachte sie pünktlich um acht Uhr ins Studio.

Ein betörender Duft von Rosen und Ylang-Ylang zog durch die Räume.

„O, das stinkt ja abartig," dachte Michael.

Die Entspannungsmusik mit Wassergeplätscher, Vogelstimmen und lang gezogenen, traurigen Celloakkorden fand er ebenso ätzend wie die Düfte, die durch das Studio waberten.

Michael erkannte hinter dem Vorhang zwei Personen die sich eng umschlungen im Takt der Musik wiegten.

„Ich zeige dir gleich das Zimmer mit dem Tresor", hörte er Frau Ogüst sagen. Neugierig wie er war, verfolgte Micha das Gespräch der beiden, ohne von ihnen entdeckt zu werden.

„Der Tresor ist also nicht extra gesichert?", fragte der Mann, den sie Franzl nannte.

„Nein, die Alarmanlage schützt nur die Haustür und die Fenster. August stellt sie an, wenn wir das Haus verlassen. Wenn wir am Samstag zu der Feier gehen, werde ich, unter dem Vorwand, etwas vergessen zu haben, noch mal zurückkommen und die Anlage wieder abstellen, und dann vergesse ich ganz einfach, sie wieder anzustellen."

Der Mann, den sie Franzl nannte, strich ihr übers Haar.

„Gut. Wir legen erst nach acht Uhr los."

„Du rufst mich an, wenn alles gelaufen ist. Meine Tasche nehmt ihr mit, ich stelle sie an die Terrassentür von Augusts Zimmer."

Michael schlich unbemerkt davon.

„Diese dumme Kuh", dachte er, „der werd ich es zeigen!"

Er hatte Tatjana von Anfang an nicht gemocht. Sie war so anders als Elvira, die er oft in ihrem Atelier besuchte hatte um ihr bei der Arbeit zuzuschauen. Zuletzt hatte sie an einem Fenster für das Rathaus gearbeitet. Er bewunderte ihre Geschicklichkeit, mit der sie die kleinsten Glastücke in die Bleiruten einsetzte.

Aus Glasresten hatte er für sich unter ihrer Anleitung ein eigenes Fensterbild machen dürfen. Er erinnerte sich gut daran, dass es Kathedralglas war, weil er das Wort nicht aussprechen konnte, sondern immer „Katteralglas" gesagt hatte. Den Unterschied zwischen den verschiedenen Gläsern hatte er kennengelernt, ebenso die Verwendung von gezogenen und gepressten Bleiruten. Nur löten hatte er damals noch nicht gedurft, das hatte Elvira für ihn gemacht. Heute hing das Fensterbild immer noch in seinem Zimmer, er liebte es, denn es war eine schöne Erinnerung an Elvira, die er wie August immer Ebbi genannt hatte.

Umgehend rief er Klaus an, der noch mit Oberthäler und den anderen Herren an der Eisenbahnanlage bastelte.

„In ein paar Minuten kann ich kommen", antwortete Klaus, „dann beginnt der feucht-fröhliche Teil der Versammlung, darauf habe ich keine Lust. Geh du schon mal rauf auf mein Zimmer."

Micha lief rasch herüber zum Hartmannschen Haus.

Im Mansardenzimmer von Klaus war es drückend heiß, denn das Dachgeschoss war nicht isoliert. Ein Ventilator brachte nur wenig Erfrischung.

Von dort oben aus hatte man eine gute Sicht auf das Anwesen der Familie Ogüst.

Michael berichtete seinem Freund, was er soeben gesehen und gehört hatte.

„Wir müssen Oberthäler die Sache erzählen, damit er den Raub verhindert. Wenn er diesen

Franzl auf frischer Tat ertappen könnte, wäre es toll", meinte Klaus.

„Nein, ich habe eine bessere Idee: wir beide holen uns den Schmuck und bringen ihn dann zu Oberthäler."

„Wie willst du an den Schmuck kommen?", fragte Klaus verwundert.

Michael grinste.

„Herr Ogüst verwahrt den Schmuck in seinem Tresor und ich weiß, wie man ihn öffnen kann. Glaube ich wenigstens."

„Glauben ist nicht genug, du musst es sicher wissen."

Klaus starrte seinen Freund ungläubig an.

„Vertrau mir, ich bin mir ganz sicher. Schau mal, jetzt geht das Licht im Treppenhaus an."

Sie beobachteten, wie sich Frau Ogüst mit Franzl in die oberen Gemächer begab. Das Licht im Flur ging aus und in Tatjanas Schlafzimmer an. Tatjana zog die Vorhänge zu und dimmte das Licht.

„Jetzt geht sie mit dem Kerl auch noch in die Kiste. Wenn das ihr Alter wüsste!"

„So eine Gemeinheit hätte ich ihr doch nicht zugetraut", meinte Michael, „ich weiß schon, warum ich diese Frau vom ersten Tag an nicht leiden konnte."

Und dann erklärte er Klaus seinen Plan.
Sein Freund war begeistert.

*****

In der gut klimatisierten Ankunftshalle des Münchener Flughafens wartete Sonja auf August. Er erkannte Sonja unter den vielen Wartenden sofort. Sie trug das auffallend gelbe Kleid, das sie sich passend zu einer Zitrin-Kette hatte schneidern lassen.

Wie viele junge Frauen hatte sich Sonja nach Elviras Tod sehr um August gekümmert; sie tat es selbstlos, nicht mit Hintergedanken, wie so manche der Damen, die sich durch ihre Hilfsbereitschaft die Liebe von August erhofft hatten.

Sonja war glücklich verheiratet, sie führte allerdings nur eine Wochenend-Ehe, denn ihr Mann war in Berlin tätig, und sie leitete in München eine Galerie für moderne Malerei.

Um August von seiner Trauer abzulenken und ihn auf andere Gedanken zu bringen, hatte sie bei ihm einige Bilder in Auftrag gegeben.

 Mit vollem Erfolg.

Wie ein Besessener stürzte sich August in die Arbeit und vergaß darüber seinen Schmerz.

Es entstand eine beachtenswerte Serie von großformatigen Gemälden, die die Entwicklung und Besserung seines Seelenzustands dokumentierten. Während in den ersten Bildern düstere Farben vorherrschten, wurden die folgenden immer heller und bunter. Das letzte Bild der Reihe war reines Weiß, das er in unterschiedlich dicken Schichten auf die Leinwand aufgetragen hatte. Der Effekt war enorm und verblüffte jeden Betrachter. Auch der Erlös der Bilder konnte sich sehen lassen.

August war glücklich darüber, dass er mit dem Geld viel Gutes tun konnte. Der größte Teil der Einnahme ging an das Hilfswerk für benachteiligte und kranke Kinder. Der kleinere Teil des Geldes ging an die Gesellschaft zur Erhaltung und Förderung der plattdeutschen Sprache e. V.

August hielt es für seine Pflicht, den niederdeutschen Dialekt zu unterstützen, denn das neue Ruhrdeutsch hatte die alte Sprache schon fast verdrängt. Diese ruhrdeutsche Ausdrucksweise – August mochte das Ruhrdeutsch weder Dialekt noch Sprache nennen - hatte sich mittlerweile so etabliert, dass sie schon druckreif geworden war. Die WAZ gab wöchentlich in der Samstagsausgabe den Beitrag „Kumpel Anton" heraus. Ganze Bücher wurden in diesem grässlichen Ruhrdeutsch herausgegeben.

Am letzten Donnerstag hatte August „die heilige Johanna" von B. Shaw im Schauspielhaus gesehen. Er traute seinen Ohren nicht, als Robert de Baudricourt in der ersten Szene lospolterte:

„Keine Eiers, keine Eiers, wat is dat denn, verdorrich nomma!"

Ein belustigtes Geraune zog sich durchs Publikum. August aber war empört, dass man einem Franzosen solche Worte in den Mund legte.

Baudricourt verletzte mit solchen sprachlichen Grausamkeiten die ganze erste Szene.

Gott sei Dank hatte der Graf im weiteren Verlauf der Aufführung kein Wort mehr zu sagen.

Zurück zu Sonja.

Im Laufe der Zeit hatte sich eine dauerhafte Freundschaft zwischen August und Sonja entwickelt.

Sie begrüßten sich herzlich.

„Engelchen", flüsterte er und strich liebevoll über das leuchtend gelbe Collier, das einst

Elvira gehört hatte. Vor einigen Jahren hatte er Sonja die Kette geschenkt.

Er liebte dieses Schmuckstück ganz besonders, weil es ihn einerseits an die glücklichste Zeit seiner Ehe erinnerte, und andererseits an den größten Verlust, den er je erlitten hatte.

Die glückliche Zeit waren die Monate, in denen Elvira schwanger war und sie sich riesig auf das Kind gefreut hatten. Sie wussten, dass es ein Junge werden würde und sie malten sich aus, wie schön das Familienleben zu dritt sein würde.

Über den Namen waren sie sich nicht einig, sie wollten das Kind August oder Anton nennen und redeten immer als „A. Ogüst der Jüngere" von ihm.

Während der Schwangerschaft war Elvira voller Tatendrang und beteiligte sich an einer Ausschreibung für die neuen Rathausfenster einer großen Stadt. An dem Tag, an dem sie die Nachricht bekam, dass eine Dänin den Auftrag bekommen hatte, wurde A. Ogüst der Jüngere geboren, 6 Wochen zu früh. Es gab Frühchen, die kleiner als das Neugeborene waren und überlebten, nicht so A. Ogüst der Jüngere. Der Winzling war so schwach und krank, dass alle ärztlichen Bemühungen und die Geräte der modernen Medizin nicht halfen und er nach fünf Tagen starb.

Für Elvira und August brach eine Welt zusammen.

Elvira verfiel in eine tiefe Depression. Nichts konnte sie aufmuntern, bis der alte Levier für seine Tochter eine Kette aus Zitrinen anfertigte, die mit ihrem sonnengelben Glanz ihr Gemüt wieder erhellen sollte.

Und in der Tat, die gelben Steine wirkten Wunder, und Elviras Lebensmut kehrte zurück.

Diese Zauberkette, wie August sie nannte, hatte er Sonja geschenkt, als auch sie nach einer Fehlgeburt in tiefe Trauer gefallen war. Er hoffte inbrünstig, dass die gelben Steine bei Sonja die gleiche Wirkung zeigten wie bei Elvira. Aber das taten sie leider nicht.

„Eigentlich schade", dachte August, „dass Sonja heute nach New York fliegen muss." Sie war es, die den Kontakt mit dem Münchener Kunstfreunde-Verein hergestellt hatte, der August zu einem Vortrag eingeladen hatte und die Ausstellung seiner neuen Bilder in München ermöglichte; er hätte sie so gerne bei der Vernissage dabei gehabt.

„Hier", sagte Sonja und gab August einen Autoschlüssel, „ich habe dir schon einen Mietwagen besorgt. Die Nummer des Garagenplatzes steht auf dem Zettel. Für heute Nacht habe ich ein Zimmer im Airporthotel für dich gebucht. Dein Abendessen habe ich auch schon bestellt. Du musst es nur noch abrufen. Konzentriere dich nur auf deinen morgigen Vortrag."

August liebte ihre fürsorgliche Art.

Sonja streichelte seinen Arm.

„Ich bedauere sehr, dass wir nicht zu deiner Geburtstagsfeier kommen können, wie gerne wäre ich dabei. Aber ich fliege erst Montagabend wieder zurück."

„Ihr könnt uns ja in der Woche darauf besuchen."

„Wenn es unsere Termine erlauben, herzlich gerne."

Sie verabschiedeten sich mit einem freundschaftlichen Kuss.

Von seinem Zimmer im vierten Stock konnte er die Start- und Landebahnen beobachten. Sonjas Maschine würde in einer halben Stunde starten.

Er zog die Vorhänge zu, um nicht mit ansehen zu müssen, wie sein Engel davonflog.

Dann nahm er sich noch einmal sein Manuskript vor.

Nach einer halben Stunde brachte der Kellner das bestellte Essen.

„Den Aquavit lege ich noch in das Gefrierfach. Möchten sie das Pils und den Sekt etwas kälter?"

August prüfte die Flaschentemperatur.

„Nein danke, so ist es schon recht"

Sonja kannte seine Lieblingsgerichte genau: geräuchertes Forellenfilet, gebeizter Lachs in Kräuterkruste, Krabbencocktail (mit extra viel Weinbrand in der Sauce), Toast, dazu Pilsener Urquell. Cassata mit einem Fläschchen Nivole zum Dessert. Zusätzlich hatte sie zum Abschluss des Essens noch Roquefortkäse und ein Viertel Gewürztraminer bestellt.

Donnerstag, 4. September

Am nächsten Morgen hatte er nicht nur einen schweren Kopf, sondern auch Kreislauf-probleme.
Als er sein Frühstück bestellte, orderte er gleich eine Aspirin mit.
Nachdem er sich rasiert hatte holte er das Smaragdcollier unter seinem Kopfkissen hervor und legte es sich um den Hals. Dabei kam er sich schon etwas albern vor, aber er war davon überzeugt, dass dies die sicherste Art sei, die Kette zu transportieren.
Wie gut, dass er ein zweites leichtes Sommer-hemd eingepackt hatte Er zog es an, dazu passte der dünne Batistschal bestens. Unter dem Schal konnte er die Kette gut verbergen. August hasste Krawatten; seiner Ansicht nach sah ein geschickt drapierter Schal noch eleganter aus als eine Krawatte oder Fliege.

*****

Die Bank unter der mächtigen Kastanie war ein geeigneter Platz für die Frühstückspause der beiden Arbeiter des städtischen Gartenbau-amts. Dort war es schattig und die beiden konnten von dort während ihrer Brotzeit das Kunsthaus, in dem August Ogüst gerade seinen Vortrag hielt, beobachten

Sie konnten zwar nicht hören, worüber der Künstler sprach, aber durch das große Fenster konnten sie die Bilder sehen, die er an die Wand projizierte, und sie verfolgten amüsiert die großen Gesten, mit denen er seinen Vortrag untermalte.

Blauer Himmel über gelbem Getreidefeld, blauer Himmel über einer Blumenwiese.

Lapislazuli und Opale. Blaue Augen und blaues Meer. August hatte diese Bilder eigens für den Vortrag gemalt.

„Worüber redet dieser Hampelmann wohl?", fragte der erste Arbeiter seinen Kollegen und biss wieder in sein Butterbrot.

„Vortrag über Naturkunde oder so", meinte dieser und nahm einen Schluck aus seiner Thermoskanne.

„Nee, glaub ich nicht. Was sollen dann die Augen?"

„Der will halt seinen Zuhörern die Augen öffnen für die Schönheit der Natur oder so. Guck mal, jetzt kommt ein Bild vom Meer mit blauem Himmel drüber. Das ist bestimmt ein

Reisebericht. Wie schön der blaue Himmel da ist."

„Hier auch", meinte sein Kollege und schaute in den Himmel.

„Schon seit zwei Wochen ist er so blau, es dürfte langsam mal wieder regnen."

Sie hatten ihre Brote verzehrt, als ein Vorhang vor das Fenster gezogen wurde, und Bilder und Redner für sie nicht mehr sichtbar waren.

August wischte sich den Schweiß von der Stirn, während er das letzte seiner Bilder an die Wand beamte. Der Raum war zwar gut klimatisiert, aber er schwitzte dennoch. Außerdem hatte er leichte Kopfschmerzen. Gestern Abend hatte er nach Bier und Wein doch einen Jubi zu viel getrunken.

In seinem letzten Werk hatte er die Leuchtkraft eines Saphirs meisterhaft eingefangen und ließ das Bild kommentarlos auf sein Publikum wirken.

„Damit meine Damen und Herren", schloss er seinen Vortrag, „ist die Unmöglichkeit, den Zustand der Trunkenheit NICHT blau zu nennen, bewiesen. Ich danke Ihnen."

Seine Zuhörer applaudierten, teils hingerissen, teils amüsiert.

Der Vorsitzende des Vereins bedankte sich für den humorvollen Vortrag und winkte ein junges Mädchen in blauem Dirndl herbei, das August einen Strauß in den bayrischen Landesfarben überreichte, blaue Lysianthen mit weißen Freesien und Gladiolen.

„Die Blumen bringe ich Elvira", dachte er.

„Hast du die Beweisführung verstanden?", fragte ein Besucher kopfschüttelnd seine Frau.

„Nein", antwortete sie, „das Ganze war zu hoch für mich."

*****

Da es wieder ungewöhnlich heiß war, kam August beim Anstieg auf den Friedhof ganz schön ins Schwitzen. Er legte die Blumen auf Elviras Grab ab und ruhte sich kurz auf der Bank neben der Gruft aus. Die Erinnerung an den schrecklichen Unfall und die Beerdigung wurde wieder lebendig.

„Ach Ebbi, wenn ich dich nur noch einmal in den Arm nehmen oder mit dir reden könnte! Du fehlst mir auch heute nach zehn Jahren immer noch so sehr.

Erinnerst du dich? Wir wollten meinen fünfzigsten Geburtstag feiern, ganz allein für uns, ohne viel Trara. Für eine Woche wollten wir nach Florenz flüchten. Und dann war plötzlich alles aus. Wir konnten nicht einmal Abschied nehmen."

Er verdrängte die traurigen Gedanken.

Der Tag heute war zu schön, um Trübsal zu blasen.

Auf dem Rückweg zum Parkplatz fiel ihm eine junge, schwarzhaarige Frau auf, die einer früheren Freundin zum Verwechseln ähnlich war. Sie gab den Blumen auf einem Grab Wasser und blieb mit gesenktem Kopf eine Weile stehen, bekreuzigte sich ging mit schnellen Schritten davon. August wartet, bis er sie nicht mehr sehen konnte und ging dann zu dem Grab hinüber.

Tief betroffen las er die Inschrift auf dem Grabstein:

Lotte Reichel, geboren 6.8.1965, gestorben 5.5.2009

Welch eigenartiger Zufall, wunderte er sich, denn an dem Tag hatte er Tatjana geheiratet.

August wusste noch sehr genau, wann er Lotte kennen gelernt hatte.

Die Sommerferien hatte er oft bei seinem Freund Claude Levier am Tegernsee verbracht. Er hatte immer im Zimmer von Claudes Schwester Elvira übernachtet. Das stand leer, weil sie in England studierte. August liebte dieses Zimmer, denn von dort aus hatte er einen herrlichen Blick über den See hinüber nach Rottach und Wiessee.

Lotte machte in München ein Praktikum bei einem Architekten und hatte zur gleichen Zeit Urlaub wie August.

Ihre Eltern bewirtschafteten den "Gasthof in der schönen Au". Wenn der Betrieb es erforderte, half sie in den Ferien an Wochenenden aus. August machte sich einen Spaß daraus, ihr beim Bedienen zu helfen.

Aber sie arbeiteten in den Ferien nicht nur zusammen. Wettschwimmen im See, Rudern und Tennisspielen stand ebenso auf ihrem Programm wie Faulenzen. Es war eine verliebte Zeit.

August und Lotte verstanden sich so gut, dass sie im folgenden Jahr wieder zusammen Urlaub in Tegernsee machen wollten. Im Winter danach wollte Lotte ihr Studium in Amerika beginnen und auch dort ihren Abschluss machen.

Er erinnerte sich nur zu gut an die glücklichen Tage mit Lotte. Sie hatten oft unter dem alten Pflaumenbaum in Leviers Garten gelegen,

philosophiert und miteinander geschmust. August musste lächeln; es war nicht nur beim Schmusen geblieben.

Und dann kam Elvira aus London zurück.

Es war Liebe auf den ersten Blick.

Lotte und Elvira ähnelten sich äußerlich sehr, waren aber vom Temperament her ganz unterschiedlich.

Lotte war forsch, selbstsicher und burschikos, Elvira genau das Gegenteil, ruhig und introvertiert, sie wirkte unsicher und forderte mit ihrem verletzlichen Wesen seinen Beschützerinstinkt heraus. Sie verzauberte ihn, er konnte das Glück nicht beschreiben, das sein Herz erfüllte, wenn er ihre Stimme hörte, ihre Augen sah und ihren Atem spürte. Lotte hatte er schnell vergessen.

Schon ein paar Wochen später hatten August und Elvira geheiratet.

Die Zeit reichte noch für einen Abstecher zum „Gasthof in der schönen Au".

August nahm im Biergarten an einem Tisch unter den alten Kastanien Platz. Eine ältere

Bedienung kam und fragte ziemlich unfreundlich: „Was darf es sein?"

„Eine Apfelschorle bitte, Liesl"

„Ja mei, bischt du's, August?"

Liesel war Lottes jüngere Schwester. Ihr Mund mit den herabgezogenen Mundwinkeln war schmal wie ihre Augen, die misstrauisch und unzufrieden dreinschauten. August fragte sich, ob sie jemals gelächelt hatten.

Wenn Blicke töten könnten, müsste August tot umfallen. „Was treibt dich her, nach so viele Johr?"

August verstand es nicht, warum die Stimme von Lottes Schwester so voller Hass war.

„Ihr habt mich nicht benachrichtigt, als Lotte gestorben ist. Warum?"

Liesl fuhr ihn ziemlich schroff an: „Warum sollten wir das? Du hast Lotte sitzen lassen und Elvira geheiratet. Sie ist nach Amerika gegangen und hat dort Karriere als Architektin gemacht. Als Elvira starb, war sie gerade mit ihrer Tochter Eva aus Amerika zurück. Sie ist auch mit zur Beerdigung gegangen und hat sich Hoffnung gemacht, dass ihr beide euch wieder näher kommen könntet, aber du hast sie einfach übersehen und diese Tatjana geheiratet. Am Tag deiner Hochzeit hat sie sich umgebracht."

August fühlte sich, als wenn ihm der Boden unter den Füßen weggezogen würde.

„Und das Kind?"

„Ich habe mich um Eva gekümmert, sie macht jetzt ihren Doktor in München. Ich werde dir nie verzeihen, dass du meine Schwester so gemein behandelt hast. Mogst dei Schorle noch oder ischt dir der Durscht vergangen?"

„Wie alt ist Eva jetzt?"

„Sie ist heuer sechsundzwanzig worden."

Liesl drehte sich um und ging grußlos zurück ins Haus.

*****

In seiner Werkstatt arbeitete Levier an einem grünen Collier. Mit einem Winkelspiegel konnte er vom Fenster aus beobachten, was auf der Straße geschah und wer zu seinem Haus kam. Es schaute selten jemand vorbei, aber jetzt sah er August kommen; der Kies knirschte unter seinen Füßen und er pfiff die Erkennungs-melodie aus ihren Jugendtagen. C-a-f- c-a-f-g - Claude schmunzelte, intonierte ebenfalls die Melodie und ließ dabei das Collier in einer

Schublade verschwinden, aus der er dann ein anderes Werkstück holte.

Per Knopfdruck öffnete er die Tür und stand auf, um seinen Freund zu begrüßen.

„Salut, alter Freund, du kommst früher als erwartet."

„Salut, alter Knabe, du siehst gut aus, hast dich in den Jahren, in denen wir uns nicht gesehen haben, überhaupt nicht verändert."

August freute sich über die Feststellung, obwohl er wusste, dass sie gelogen war.

Früher, nach Elviras Tod, hat August Claude mehrfach besucht, weil er Kopien von den Colliers seiner Frau anfertigen ließ. Sicherheitskopien, wie er sagte.

August brachte die Originale mit, denn Claude hatte keine Unterlagen mehr von den Ketten, nur Fotos. Aber auf denen konnte man die Ketten nicht vollständig sehen, denn sie waren Schaufensterbüsten umgelegt, sodass die Verschlüsse verdeckt waren. Und gerade für die Verschlüsse hatte sich der alte Levier etwas Besonderes einfallen lassen.

August hatte auch alle Ketten fotografiert und sie auf die Originalgröße vergrößert. Diese

Fotos hatte er mit den Echtheitszertifikaten bei der Bank deponiert.

Sechs Ketten, die mit Diamanten, Rubinen, Citrinen, Saphiren, Lapislazuli und Türkisen, hatte Claude mit den passenden Glassteinen nachgearbeitet.

Nur das Smaragdcollier noch nicht. Er wunderte sich, dass August es nur mit einem neuen Stein versehen wollte.

„Du siehst müde aus", stellte Claude fest.

„Der Tag heute war anstrengend, die Hitze vertrage ich auch nicht mehr gut, man wird eben älter. Wie geht es Charlotte?"

„Sie hat alle Hände voll zu tun mit unserem Enkel; Lucie liegt im Spital und wartet auf ihr zweites Kind. Komm, Charlotte freut sich auf dich."

Sie verließen die Werkstatt, Claude schloss die die Tür sorgfältig hinter sich zu.

„Hier hat sich nichts verändert", stellte August fest, „sogar der alte Pflaumenbaum lebt noch."

Der knorrige Baum war auf der Wetterseite dick mit Moos bewachsen, einige Zweige waren vertrocknet, dennoch hing der Baum voller Früchte.

„An jenem Tag im blauen Mond September,
still unter einem jungen Pflaumenbaum,
da hielt ich sie, die stille bleiche Liebe
in meinem Arm wie einen holden Traum",
zitierte Claude.

Beide dachten an die unbeschwerte, glückliche Zeit, in der sie so manches Schäferstündchen unter dem Baum verbracht hatten, Claude mit seiner Charlotte und August mit Lotte.

„Und über uns im schönen Sommerhimmel
war eine Wolke, die ich lange sah.

Sie war sehr weiß und ungeheuer oben
und als ich aufsah, war sie nimmer da", fuhr August fort, und Claude stellte fest, dass in seiner Stimme ein Anflug von Trauer mitschwang.

„Ach ja, das waren noch Zeiten."

Sie schauten sich lächelnd an und schwiegen eine Weile bis Charlotte kam und August herzlich begrüßte.

„Kommt auf die Terrasse, ich habe Pflaumenkuchen gebacken"

„Nach dem Rezept deiner Schwiegermutter?", wollte August wissen.

„Natürlich, es gibt nach wie vor kein besseres Rezept", lachte Charlotte. „Trinkst du immer noch Schokolade zum Kuchen?"

August nickte.

Von der Wiese her stürmte der vierjährige Enkel Sebastian heran.

„Kommt mal gucken, ich habe eine Burg gebaut", rief er stolz.

"Sag erst mal dem Herrn Ogüst guten Tag."

„Tach", war die kurze Begrüßung, „kommst du jetzt mal mit mir?" Er zog August zum Sandkasten, auf der Bank daneben nahm er Platz. Die Burg sah aus wie ein umgedrehter Trichter.

„Schön", lobte August das Machwerk, „aber du solltest noch eine Mauer oder einen Graben um deine Burg bauen, damit sie vor Räubern sicher ist."

„Du verstehst gar nichts, die liegt doch auf einem ganz hohen Berg."

Sebastian kletterte auf Augusts Schoß und hielt sich an seinem Schal fest, sodass er verrutschte und die Kette zum Vorschein kam. Er vergaß seine Burg, starrte auf das Collier und sah August ungläubig an, und lachte dann laut los.

„Bist du eine Frau, Herr Ogüst?"

„Wie kommst du denn darauf?"

„Männer tragen doch keine Schmaratten, nur schöne Frauen, sagt mein Opa. Er macht gerade eine Kette aus Schmaratten."

„Aus Smaragden", verbesserte August.

„Deine Kette sieht genau so aus. Aber deine Schmaratt.. deine Smaragde sind ein bisschen größer."

„Du beobachtest aber gut."

„Ja ich schau ihm gerne bei der Arbeit zu. Opa sagt immer „kleiner Mann mit dem Adlerblick" zu mir."

Charlotte deckte auf der Terrasse den Kaffeetisch, Claude brachte die Sahneschüssel mit. Sie verfolgten die Unterhaltung von Sebastian und August.

„Schade, dass August keine Kinder hat", meinte Charlotte. „Er kann so gut mit Kindern umgehen und wäre bestimmt ein guter Opa", pflichtete Claude ihr bei und rief August zu: „Komm, August, die Schokolade wird kalt."

„Überlege dir mal, ob du nicht doch einen Graben um deine Burg ziehen solltest, um sie vor Klettermaxen zu schützen", riet August dem kleinen Blondschopf, bevor er zurück auf die Terrasse ging.

Charlotte hatte inzwischen den Kuchen verteilt und August häufte sich einen dicken Klecks

Sahne auf seinen Teller und einen zweiten in die Schokolade.

„Als ich vorhin bei Ebbi auf dem Friedhof war, habe ich Lotte gesehen. Nein, eine junge Frau, die Lotte wie aus dem Gesicht geschnitten war und an ihrem Grab stand. Warum habt ihr mir nicht gesagt, dass Lotte im Mai 2009 gestorben ist?"

Charlotte wurde verlegen und Claude versuchte es August zu erklären.

"Wir haben gedacht, dass du sie nach so vielen Jahren vergessen hast. Warum sollten wir dich dann noch benachrichtigen?"

„Liesl sagte, dass Lottes Tochter jetzt 26 Jahre alt geworden ist. Theoretisch könnte sie meine Tochter sein."

„Ist da der Wunsch der Vater des Gedankens?"

Claude sah seinen Freund forschend an, August wich seinem Blick aus.

„Lotte war kein Kind von Traurigkeit und bändelte mit vielen an. Aber kommen wir zur Sache. Hol mal das Collier."

August nahm die Kette von seinem Hals und gab sie Claude, der, ohne ein weiteres Wort zu verlieren, in seine Werkstatt ging.

Claude betrachtete die grünen Steine liebevoll.

Diese Kette war auch für ihn etwas Besonderes. Sie war das edelste Stück, das sein Vater gearbeitet hatte.

Außerdem hatten er und sein Vater eine besondere Beziehung zu den Smaragden, weil sie beide zusammen auf abenteuerlichen Wegen die Steine von den Minen Muzo und Chivor nach Bogota und von dort aus nach Deutschland geschmuggelt hatten.

Sie hatten nur die schönsten Steine mitgenommen, dunkelgrüne, mit nur wenig Jardin, durch die Lupe konnte man die Einschlüsse fast gar nicht erkennen.

Zum Vergleich holte er die grünen Steine aus der Schublade. Die Farbe war gleich, aber sie waren so lupenrein, dass sie verdächtig nach Fälschungen aussahen. Aber er hatte August ja gesagt, dass er die Kette nur mit Glassteinen ergänzen könne.

August rührte lange seine Schokolade.

„Wie hat er das gemeint?", fragte er Charlotte „sie bändelte mit vielen an?"

Nach einer Weile antwortete sie leise: „Claude meint, dass Lotte nur eine unbedeutende Episode in deinem Liebesleben gewesen sei und du in ihrem. Doch mir hat sie einmal gesagt, dass sie dich mehr geliebt habe als alles andere auf der Welt. Aber das hinderte sie nicht daran auch anderen jungen Burschen den Kopf zu verdrehen. Bevor sie in die Staaten ging, wurde sie schwanger."

„Hat sie dir verraten, wer der Vater ist?"

„Nein, das hat sie nicht getan."

„Vielleicht bin ich ja doch Vater von einer hübschen Tochter."

„Du kannst ja mal einen Vaterschaftstest machen lassen", lachte Charlotte.

Von der Werkstatt her hörten sie c-a-f-c-a-f-g, das deutete August als Aufforderung zu kommen, er pfiff zurück und nahm seine Tasse Schokolade mit. „Mal sehen, was dein Göttergatte gezaubert hat."

Claude öffnete ihm die Werkstatttür. Er hielt einen grünen Tropfen in der einen und die Smaragdkette in der anderen Hand und gab sie August.

„Schau mal, wie gut das zusammenpasst."

August hielt die beiden Teile gegen das Licht. „Man sieht wirklich keinen Unterschied."

Claude verband die Kette mit dem Tropfen. „Eins, zwei, drei, fertig ist die Zauberei. Das ist wirklich kein Hexenwerk. Deine Frau wird toll damit aussehen. Du kannst die Kette wieder anziehen."

August betrachtete zufrieden die geänderte Kette und nickte seinem Schwager ein Dankeschön zu.

„Toll, wie du das gemacht hast."

Claude lächelte.

„Wie sieht es aus, sollen wir zum Abendessen in den Leeberghof gehen oder ins Bräustüberl?"

„Die Zeit wird nicht reichen, ich wollte eigentlich heute noch zurück fliegen. Um halb zehn geht die letzte Maschine nach Düsseldorf."

Claude schaute auf die Uhr.

„Es ist jetzt halb fünf, da bleibt noch Zeit genug für einen kleinen Imbiss bei uns."

Sie gingen zurück auf die Terrasse. Die Sonne stand schon tief über den Bergen und tauchte die Landschaft in ein warmes Licht, wie es nur an klaren Herbstnachmittagen geschah. Schweigend genossen sie die traumhafte Stimmung.

Charlotte zauberte aus gekochten Kartoffeln, die sie noch im Kühlschrank hatte, ein paar Eiern und etwas Schnittlauch ein Bauern-omelett. Wie früher löffelten sie gemeinsam aus eine großen Pfanne auf dem Tisch.

Am liebsten wäre August für immer bei seinen Freunden geblieben.

*****

Der Nachtflug war viel zu kurz, fand August, die Sterne waren so nah, und der Vollmond stand riesengroß und orangefarben am Himmel.

Um halb elf landete die Maschine in Düsseldorf.

So spät mochte August seinen Freund Klammer nicht mehr stören und bestellte sich ein Taxi für die Fahrt nach Essen.

In Augusts Haus brannte noch Licht; er öffnete die Haustür und ging leise die Treppe zu seinem Zimmer hoch. Aus dem Zimmer seiner Frau hörte er ein Flüstern. Vorsichtig schlich er über den Flur und horchte an der Tür. Eine fremde, undeutliche Stimme nahm er wahr, aber deutlich erkannte er die Worte von seiner Frau. „Franzl, ach, wäre es nur schon so weit".

Mehr wollte er gar nicht hören.

Nachdenklich ging er hinunter zu seinem Arbeitszimmer.

Den Schmuck legte er in den Tresor zurück. „Rotwein ist für alte Knaben eine von den besten Gaben", murmelte er vor sich hin und holte sich aus dem Weinregal eine halbe

Flasche Château Kirwan und aus dem Humidor eine seiner besten Zigarren. „Ach lieber nicht rauchen", dachte er, „der Zigarrengeruch könnte meine Anwesenheit verraten." Er legte die Brasil in den Humidor zurück.

„ Bewahret euch vor Weibertücke", summte er vor sich hin und suchte einen Korkenzieher.

Die geöffnete Weinflasche ließ er noch eine Weile stehen, bevor er den ersten Schluck probierte.

Grübelnd saß er an seinem Schreibtisch, drehte den Stock vom alten Fritz und spielte mit den Deckeln der Tintenfässer.

„Meine Frau hat also einen Geliebten", überlegte er. Das überrascht mich sehr. Warum tut sie mir das an? Was hat sie vor? Soll ich sie fragen oder abwarten bis sie es mir erzählt?"

Die Flasche Wein leerte er bis auf den letzten Tropfen.

Freitag, 5. September

In den frühen Morgenstunden brachte ein kurzes, aber heftiges Gewitter die langersehnte Abkühlung.
August öffnete die Balkontür von seinem Schlafzimmer, um die kühle Luft hereinzulassen. Er atmete tief durch und genoss die Frische. An den Zweigen hingen die letzten Regentropfen, in denen sich die nassen Blätter spiegelten. „Viel Grün mit Grün", dachte er, „schönes Motiv."

Dabei fiel ihm ein, dass er noch weitere Bilder in die Stadthalle bringen musste, wo seit Anfang des Jahres die Dauerausstellung „August Ogüst – Maler unserer Stadt" im Foyer untergebracht war.
Für die Ausstellung hatte er in der vorigen Woche noch schnell zehn weitere Versionen von seinem Bild „Viel Blau mit Grün" gemalt, es waren die Ausgaben 121 bis 130 dieses Werkes. Die Bilder fanden großen Anklang bei den heimischen und fremden Besuchern und erzielten horrende Preise.
Insgeheim bedauerte August sein Versprechen, den Erlös für wohltätige Zwecke zu spenden. Sein eigenes Konto hatte eine Aufbesserung dringend notwendig. Aber versprochen ist

versprochen. Zugleich war er stolz darauf, dass er mit den Einnahmen mehrere wohltätige Organisationen unterstützen konnte.

*****

„Irnxwie kann ich mich noch gar nich vorstelln, dat wir nächste Woche annen Strand von Benidorm inne Sonne liegen. Und wie soll dat dann mit uns weita gehn?"
Fragend sah Erwin seinen Bruder an, der bei geöffnetem Fenster auf der Fensterbank saß und fröhlich „An der schönen blauen Donau" pfiff. Der Walzer, lief gerade auf WDR 4. Dabei versuchte er vergeblich, einen dicken Brummer zu verscheuchen, der unbedingt in die Küche fliegen wollte.
Franzl wandte sich seinem Bruder zu.
„Wir lassen alles an uns rankommen. Ich weiß noch nicht wie lange wir in Spanien bleiben werden, Bruderherz. Du bist immer so ängstlich. Lass doch endlich die Sorgen sein."
Er schnupperte.
„Was kochst du denn heute zum Mittagessen? Es riecht so lecker."
„Et gibt Möhren durchenander, so wie Mutta dat früha imma machen tat."

Erwin schaute wieder runter zum Hof. Siggi wollte unbedingt den alten roten Renault Kangoo in ein Pizzataxi verwandeln. Er hatte dafür Klebebuchstaben in weißer Farbe besorgt und war gerade dabei, die Abstände für die Buchstaben abzumessen und die Klebepunkte mit einem weißen Stift zu markieren.

„Komm mal gucken, Siggi macht seine Arbeit richtig gut."

Erwin drehte die Flamme unter dem Topf kleiner und trat ans Fenster.

„Hasse tofte gemacht, Siggi", rief Erwin zu ihm hinunter. „Gezz müssen wa nur noch dat Nummernschild ändern."

„Habbich schon bestellt. Könn wa heute Nammitach abholn."

„Komm rauf, Essen is feddich."

Mit dem Ärmel wischte Erwin über die Tischplatte und deckte den Tisch.

„Mahlzeit!"

Siggi schmatzte beim Essen und holte sich dreimal Nachschlag.

„Has ma wieda lecker gekocht", lobte er Erwin.

Nach dem Essen zog Franzl ein zerknittertes Blatt aus seiner Hosentasche und strich es glatt.

„Seht mal, ich habe einen Plan für Samstag gemacht", erklärte er.

„Um acht Uhr dreißig legen wir los. Hier ist das Haus von Tatti, es liegt in einer Sackgasse. Wir müssen gegenüber auf der anderen Straßenseite parken, dort ist zwar Parkverbot, aber Erwin bleibt im Wagen und kann das Auto zwischendurch mal bewegen, wenn wir längere Zeit brauchen als geplant.

Die Straße wird Samstag von oben bis unten zugeparkt sein Wenden wird schwierig, darum ist es wichtig, dass wir in Fahrtrichtung stehen. Über die A 42 fahren wir bis zum ersten Parkplatz hinter der Ruhrbrücke, dort lassen wir das Pizzataxi stehen und steigen in mein Auto um.

In Hürth statte ich meinen Freunden einen kurzen Besuch ab und kassiere die Kohle für die erste Kette."

„Bisse dich ganz sicher, dat allet so läuft, wie de dich dat vorstells?", fragte Erwin zweifelnd.

„Du warst immer schon ein Angsthase, Bruderherz. Es ist alles gut durchgeplant. Es kann gar nicht schiefgehen!"

Franzls Handy klingelte. Er zog es aus der Tasche, lächelte und drückte auf die Annahmetaste…

„Ja meine liebe Laura … ich freu mich … ach Schatz … ich dich doch auch… Mir wird sie auch zu lang … bald ist es ja vorbei … bis Sonntag, mein Schatz … Küsschen Laura …"

„Ich dachte, sie heißt Tatti", wunderte sich Erwin.

„Laura ist die nächste Nummer, hab ich doch schon erwähnt. Die Witwe aus Wien."

„Wie kommse nur an die ganzen Weibers?", wunderte sich Siggi.

*****

Für Bürgermeister Ostermann wurde der Freitag ein anstrengender Tag.

Um neun Uhr hatte ihn die Sekretärin des Stadtdirektors angerufen und ihm aufgeregt mitgeteilt, dass der Herr Stadtdirektor in der Nacht mit einer Blinddarmentzündung ins Krankenhaus eingeliefert und gleich operiert worden sei. Das sei ja eigentlich nichts Schlimmes, aber er könne deswegen morgen weder die Laudatio für Herrn Ogüst halten noch den Ruhrlandtaler übergeben. Die Aufgabe fiel nun dem Bürgermeister zu.

Ostermann war darüber gar nicht erfreut. Die feierliche Überreichung des Ruhrlandtalers, das lag ihm, aber so kurzfristig eine Rede ausarbeiten, das konnte er unmöglich.

Na gut, er kannte Ogüst von einigen Vorträgen her und die Ausstellung seiner Bilder hatte er auch gesehen, aber das, was er über den Menschen Ogüst wusste, konnte er in drei kurzen Sätze zusammenfassen.

Die Sekretärin beruhigte ihn, sie wolle ihm das Manuskript der Laudatio vom Stadtdirektor zur Verfügung stellen.

Bürgermeister Ostermann war erleichtert und übte die fremde Rede mehrere Male vor dem Spiegel. Er musste sie ablesen, denn mit der gehobenen Ausdrucksweise des Stadtdirektors kam er nicht zurecht. Und auswendig lernen konnte er den schwierigen Text in der kurzen Zeit schon gar nicht.

*****

Die Generalprobe für das Festkonzert war für drei Uhr im Theatersaal der Stadthalle angesetzt.

Das Schulorchester des Gymnasiums, das vor drei Jahren gegründet worden war, bestand nicht nur aus Schülern sondern zu einem großen Teil aus Ehemaligen.

Einige Musiker des städtischen Orchesters unterstützten die Festaufführung. Der Musikdirektor Georg Haupt, ein ehemaliger Mitschüler von August, hatte die Proben geleitet und dirigierte das Jubiläumskonzert.

„Ihr spielt ja fast so gut wie Profis", lobte er die Leistung der jungen Musiker. „Wenn ihr morgen so spielt wie heute, wird euch tobender Applaus der Zuhörer gewiss sein. Toi, toi, toi."

Klaus packte seine Klarinette und Michael seine Oboe ein.

Nach der Probe wollten sie messen, wie viele Minuten sie für den Weg von der Villa Ogüst zur Festhalle brauchten.

„Eins, zwei, drei. Los komm, Micha, die Stoppuhr läuft."

Sie gingen los.

Die Stadthalle war durch einen Zwischentrakt mit dem Hotel verbunden. Das war nicht nur praktisch, weil die Küche und die Kühl- und Vorratsräume von beiden Häusern genutzt werden konnten, sondern es war für sie auch der kürzeste Weg.

Früher lag die Küche im Keller, jetzt befand sie sich auf einer Ebene mit dem Restaurant, und die Speisen mussten nicht mehr mit dem

Aufzug oder über eine lange Treppe transportiert werden.

Der kürzeste Weg zum Hause der Ogüsts führte durch die Küche, aber mit der Zeitmessung wurde es nichts, denn der Patissier winkte die beiden Jungen heran. Er füllte gerade eine helle Creme in kleine Schokoladenschalen und reichte ihnen eine Kostprobe.

„Probiert mal."

Michael leckte sich die Lippen; er wusste schon, wo er morgen Abend beim Büfett ordentlich zuschlagen würde. Er ging gerne durch die Küche, denn er bewunderte die Köche, wie sie mit ihren langen, großen Messern blitzschnell Kräuter und Gemüse schnitten oder Zwiebeln würfelten. Seine Mutter benutzte immer nur kleine Küchenmesser, das sah bei Weitem nicht so elegant aus. Aber das Ergebnis war gleich gut.

Durch den Lieferanteneingang verließen sie den Zwischentrakt. Über die Terrasse, die ebenfalls von der Stadthalle und dem Hotel gemeinsam benutzt werden konnte, erreichten sie nach insgesamt drei Minuten das Haus der Familie Ogüst

„Eine Minute können wir von der Zeit abziehen. Und wenn wir etwas schneller gehen, brauchen wir nur zweieinhalb Minuten bis zum Büro. Wie viel Zeit brauchen wir für unsere Arbeit?"

„Wenn wir uns beeilen - etwa fünf Minuten. Sollte morgen die Zeit knapp werden, nehmen wir also den Weg durch die Küche."

Sie gingen weiter zum Kutscherhaus und sahen, dass Schneider Moser gerade mit seinem Auto an der Villa vorfuhr und ein grünes Kleid in einer Schutzhülle aus dem Wagen holte.

Klaus und Michael blieben stehen.

Herr Moser klingelte an der Haustür.

Es dauerte eine Weile, bis Tatjana die Tür persönlich öffnete. Michael und Klaus grüßten betont freundlich und schlenderten, ihre Instrumententaschen schwenkend, weiter.

„Die Haut der grünen Mamba", flüsterte Michael seinem Freund zu.

*****

Siggi hatte Autoschilder für das Pizzataxi besorgt.

E - PT 123 hatte er ausgesucht.

Franzl machte sich ans Haarefärben, ganz tief schwarz sollten sie werden, das passte besonders gut zu seiner sonnengebräunten Haut.

„Hasse für die Neue noch kein Foto gehappt?",
fragte Erwin, der immer noch lieber aus der
ganzen Sache ausgestiegen wäre. Aber er
wagte nicht mit seinem Bruder darüber zu
sprechen.
„Ich weiß, dass sie auf Schwarzhaarige steht."
Siggi überprüfte die Akkus vom Schlagbohrer
und lud einen Ersatzakku auf.

*****

Am Abend musste sich Frau Ostermann die
Probelesung ihres Mannes anhören.
„So große Probleme hatte ich noch nie mit
einem Text. – Also - den Anfang können wir uns
sparen, aber hier: Zitat von Max Bill."
„Wer ist das?" fragte Frau Ostermann.
„Weiß ich doch auch nicht. Also, Zitat: Konkrete
Kunst nennen wir jene Kunstwerke, die
aufgrund ihrer ureigenen Mittel und
Gesetzmäßigkeiten ohne äußerliche Anlehnung
an Naturerscheinungen oder deren
Transformierung, also nicht durch Abstraktion
entstanden sind."
„Meine Güte, das kann ich gar nicht verstehen",
gestand Frau Ostermann.

„Versuch doch mal den Text anders zu betonen, mit Pausen zwischendurch. Dann wird er verständlicher und wirkt nicht so abgelesen."

Herr Ostermann unternahm einen neuen Versuch.

„Konkrete Kunst nennen wir jene Kunstwerke, die auf Grund ihrer ureigenen Mittel und Gesetzmäßigkeiten, OHNE äußerliche Anlehnung an Naturerscheinungen oder deren Transformierung, also nicht durch ABSTRAKTION, entstanden sind."

„Ja, so ist es verständlicher. Weiter."

„Sie ist in ihrer letzten Konsequenz der reine Ausdruck von harmonischem Maß und Gesetz, sie ordnet Systeme und gibt mit künstlerischen Mitteln diesen Ordnungen das LEBEN. Sie erstrebt das UNIVERSELLE und pflegt dennoch das EINMALIGE, sie drängt das INDIVIDUALISTISCHE zurück, zugunsten des INDIVIDUUMS."

„Das alles denkt ein Künstler, während er sein Werk gestaltet? Glaub ich nicht! Das ist bestimmt von Wikipedia."

„Vielleicht, mag sein, Ich weiß es nicht", sagte Herr Ostermann.

*****

Frau Woller schnibbelte die Zutaten für den Heringsalat.

Heringsalat war Herrn Ogüsts Lieblingssalat; darum machte sie eine große Menge, ihr Mann mochte ihn ebenfalls gern; wenn etwas davon übrigbleiben sollte, wäre er ein dankbarer Abnehmer. Sie füllte den Salat in Mini-Einmachgläser mit Deckel; erst morgen früh würde sie alles garnieren.

Um elf Uhr sollten die ersten Gäste kommen.

*****

Tatjana hatte den ganzen Tag Hochbetrieb in ihrem Studio; fast alle Ehefrauen der Ehrengäste waren Kundinnen von ihr; sie alle wollten mit makelloser Schönheit auf der Veranstaltung glänzen.

Um neunzehn Uhr kam die letzte Kundin zur Pediküre, dann konnte sie endlich etwas für sich tun. Sie nahm ein duftendes Entspannungsschaumbad und träumte von ihrem großen Auftritt morgen Abend.

Mit dem Smaragdschmuck und dem wunderbaren Kleid würde sie die Königin des Abends sein und alle anderen Frauen an Eleganz und Schönheit übertreffen.

Und dann würde ihr junger schöner Prinz kommen und sie von dem alten König erlösen und entführen.

Samstag, 6. September

Der große Tag war endlich da.

Tatjana begutachtete das kleine Büfett mit Canapés und Salat, das Frau Woller im Salon für den morgendlichen Empfang aufgebaut hatte, und war damit zufrieden.

August naschte an den mit Früchten reich dekorierten Canapés.

„Kannst du nicht warten bis deine Gäste kommen?", tadelte Tatjana ihren Mann.

Pünktlich um elf Uhr trafen die ersten Gratulanten ein: die Eisenbahnfreunde .

Klaus durfte die Lokomotive überreichen. August freute sich wie ein kleines Kind darüber und stellte sie gleich zu seinen anderen Schätzen in die Vitrine.

Frau Woller brachte Champagner und Bier.

„Was für ein schöner Tag, Herr Ogüst", freute sie sich. „Er wird bestimmt anstrengend für Sie."

„Man wird nur einmal sechzig", meinte August und schlürfte seinen Champagner.

Der Kreis der Gratulanten wurde größer, Nachbarn kamen, einige Schüler und Kollegen von der Akademie, die August eigentlich erst am Abend erwartet hatte.

„Kommen sie herein, Eminenz." Tatjana führte den Bischof von Essen zu ihrem Mann. Die beiden Herren umarmten sich freundschaftlich.

„Mein lieber Herr Ogüst, meine herzlichsten Glück- und Segenswünsche. Schade, schade, dass ich heute Abend nicht zu ihrer Ehrung kommen kann. Aber ich wollte es mir nicht nehmen lassen ihnen die besondere Überraschung persönlich zu bringen."

Er überreichte August einen großen Umschlag, den August sofort öffnete.

Er war sichtlich gerührt.

„Es geschehen noch Zeichen und Wunder. Schaut mal Freunde, nach zehn Jahren ist der Fenstervorschlag endlich genehmigt worden."

„Gottes Mühlen mahlen langsam, aber sie mahlen gut", freute sich Peter Klammer mit ihm.

„Der Entwurf ist doch noch von Elvira."

August wischte sich Tränen aus den Augen.

„Ja, wenn Elvira das noch erleben könnte!! Unfassbar. So kommt sie posthum doch noch zu Ehren. Kommt, Freunde, darauf trinken wir einen."

Tatjana verließ mit gespielter Langeweile den Salon.

August schenkte Champagner aus. Martha reichte Canapés herum und musste für Nachschub sorgen; die Stimmung wurde lockerer, und nach einigen weiteren Flaschen Schampus unterhielt man sich lauter und ausgelassener.

August war froh, als sich die Gratulanten wieder verabschiedeten.

„Die Nacht wird lang genug", dachte er und zog sich in sein Herrenzimmer zurück. Eigentlich wollte er ein Nickerchen halten, aber seine Gedanken kreisten unentwegt um seine Geldsorgen und seinen Freund Peter Klammer.

Warum war der bereit, ihm zuliebe einen Einbruch zu inszenieren? Ja, es stand schlecht um seine Finanzen.

Mitte des Monats lief sein Kredit aus und musste neu ausgehandelt werden. Peter hatte ihn schon vorsichtig auf eventuelle Schwierigkeiten hingewiesen und scheute sich nicht, für ihn eine Straftat zu begehen. August Ogüst war doch ein angesehener Bürger dieser Stadt, Professor an der Kunsthochschule, sein Einkommen war sicher, aber das reichte der Bank offensichtlich nicht. Zugegeben, sein Honorar war nicht so üppig. Der Erlös vom Verkauf seiner Bilder war zum größten Teil für karitative Zwecke bestimmt. Und die Zinsen fraßen einen großen Teil der Darlehensrate auf. Nachdenklich öffnete August den Tresor und entnahm ihm die grüne Kette.

Wenn er das Collier verkaufen würde, wäre er mit einem Schlag alle seine Schulden los.

Immerhin ging es um 46 Smaragde bester Güte und insgesamt 120 Carat.

Levier würde einen fairen Preis dafür zahlen.

Aber wenn der Coup heute Abend so gelingen würde, wie sich Klammer es vorstellte, bräuchte er die geliebte Kette gar nicht verkaufen. August war zuversichtlich. Warum sollte es nicht klappen?

*****

Tatjana packte derweil das Notwendigste für ihre Reise ein.

War ihr Reisepass eigentlich noch gültig? Aber für Spanien reichte auch der Personalausweis. Sie überprüfte die Papiere in ihrer Geldtasche, Kreditkarten, Blutspendenausweis, Kranken-versicherungskarte, Zusatzversicherung, ihre Payback-Karte und ein paar Münzen. Sparbücher und das gesamte Bargeld holte sie aus ihrem Geheimfach und verstaute alles in einem Brustbeutel, den sie zu unterst in ihrer Reisetasche versteckte.

Als sie ihren Kleiderschrank öffnete, stellte sie wehmütig fest, dass sie sich von all den teuren Kleidern, Blusen, Jacken und Hosen trennen musste. Noch schwerer fiel ihr die Trennung von ihren Schuhen, die sie passend zur jeweiligen Garderobe hatte anfertigen lassen; es waren weit über fünfzig Paare.

Schweren Herzens suchte sie aus ihrem Fundus nur so viele Stücke aus, wie in die Tasche passten. „Das freie Leben ins Spanien an der Seite eins schönen, jungen Mannes wird mich trösten", hoffte sie.

Nur Freiheit und Liebe reichten ihr nicht.

In Barcelona würde sie einen kleinen Schönheitssalon eröffnen.

Die vollgestopfte Tasche versteckte sie vorerst im Kleiderschrank.

*****

Um sechs schaute sich Herr Woller immer die Sportschau im Ersten an.

So auch heute.

Im Schlafanzug und Bademantel saß er mit einer Flasche Bier vor dem Fernseher. Seine

Frau brachte ihm die übrig gebliebenen Canapés vom morgendlichen Empfang und ein Tellerchen mit Heringsalat.

Martha hatte sich schon für den großen Abend fein gemacht und das lange schwarze Samtkleid angezogen und die silbergraue Stola umgelegt. „Wie hoch ist das Fieber noch?", fragte sie ihren Mann.

„37,5. Es ist schon gesunken"

„Ich bin ja so traurig, dass du nicht mit mir zu der Verleihung des Ruhrlandtalers gehen kannst."

„Solche Feiern sind nichts für mich, das weißt du doch. Ich mache mir hier einen gemütlichen Abend. Dir wünsche ich da drüben viel Spaß."

Von seinem Sessel aus konnte Herr Woller den Parkplatz vor der Stadthalle und deren Eingang sehen. Heute parkten dort vorwiegend Mercedes, BMW und Audi.

Die Feierlichkeiten begannen zwar erst in einer Stunde, aber der Parkplatz war schon voll besetzt; wer jetzt noch kam, musste auf der Straße parken.

„Beeil dich, Martha, damit du noch einen guten Platz bekommst."

Frau Woller drückte ihrem Mann einen Kuss auf die Stirn und trippelte davon. Sie war es nicht gewohnt, in Schuhen mit hohen Absätzen zu gehen, darum machte sie nur vorsichtige kleine Schritte.

Die Garderobenfrau war ihre Freundin, Martha hielt sich ein wenig bei ihr auf. Von der Garderobe aus konnte man in den Theatersaal und ins Foyer schauen. Vor der Bühne hatte Herr Fahrtmann große Topfpflanzen und üppige Gestecke verteilen lassen; die kleineren Geschenke stapelten sich auf einem Tisch im großen Saal, der festlich hergerichtet war. Die einfachen Stühle waren mit beigefarbenen Hussen in elegante Sitzgelegenheiten verwandelt worden, die Tischdecken waren ebenfalls beige, nur eine Nuance dunkler. Die herbstlich-bunte Tischdekoration verlieh dem sonst so sterilen Raum eine warme Note.

Im Foyer plauderten und lachten die elegant gekleideten Damen und Herren bei Sekt mit oder ohne Orangensaft und begrüßten sich lauthals.

Man kannte sich, die High Society der Stadt war hier heute unter sich.

Gut gelaunt nahm August die Gratulationen entgegen, die mal mehr, mal weniger herzlich, mal kameradschaftlich und mal zurückhaltend höflich ausgesprochen wurden.

Sein Hausarzt war auch unter den Gratulanten.

„Hast du schon erfahren, wer die Laudatio hält?"

Ja, August hatte es schon gelesen und war verwundert, dass ausgerechnet Herr Ostermann die Laudatio halten sollte, denn Ostermann war nicht gerade als guter Redner bekannt. Und August war ein wenig beleidigt, dass man eine so untalentierte Person für ihn ausgesucht hatte.

„Eigentlich sollte Rössler reden, aber der ist plötzlich erkrankt", klärte der Hausarzt ihn auf.

August war wieder beruhigt.

Tatjana zog alle Blicke auf sich.

Sie sah hinreißend aus. Die Smaragde funkelten mit ihren strahlenden Augen um die Wette. In den Augen einiger Damen blitzte Neid auf.

Martha Woller beobachtete das Geschehen neugierig.

„Stell dir vor, Martha, die Tatortkommissare aus Köln sind hier, und auch der Prof. Groenemeyer aus Witten", verriet ihr die Garderobenfrau.

„Ich passe gar nicht in diese Gesellschaft", meinte Martha. „Aber ich bin stolz darauf, dass

Herr Ogüst mich eingeladen hat. Persönlich. Ganz persönlich"

Die Musiker kamen auf die Bühne und stimmten ihre Instrumente.

„Ich habe Micha noch gar nicht entdeckt. Hoffentlich kommt er nicht zu spät."

„Vorhin hat er sein Instrument gebracht, dann ist er wieder gegangen. Du musst jetzt gehen, der Saal füllt sich schon."

Martha Woller suchte sich einen Platz, so weit vorne wie möglich.

Die vier ersten Reihen waren für die Ehrengäste reserviert, in der zwanzigsten Reihe fand sie ganz außen noch einen freien Platz.

Auf ihrem Stuhl lag ein Programmzettel.

Sie las ihn aufmerksam durch:

1.   Begrüßung
        durch Herrn Bürgermeister Ostermann
2.   Geigenduo von Pleyel
        Klara und Julia Fischer Klasse 11

Martha wusste, dass ihr Sohn in Julia verliebt war, aber die wollte nichts von ihm wissen. Julia hatte nur Augen für seinen Freund Klaus.

3.   Grußworte von Propst Sauerwein

4. Akademische Festouvertüre von Brahms
   Orchester des Städt. Gymnasiums
   Unter der Leitung von GM Georg Haupt

Herrn Haupt kannte Martha von früher.
Als Elvira noch lebte, war er oft bei Familie Ogüst zu Gast. Die beiden Herren hatten miteinander musiziert. Herr Haupt hatte den Gesang von Herrn Ogüst auf dem Klavier begleitet. Einmal hatten sie sogar ein Konzert gegeben, als eine Delegation aus Finnland in Essen zu Gast war.
Ach ja, daran konnte sich Martha auch noch gut erinnern. Herr Haupt hatte Herrn Ogüst immer „Auguscht" genannt, worauf dieser ihn „Schorschi" mit weichem Sch anredete.

5. Laudatio
   Herr Oberbürgermeister Ostermann

6. Oboenstück von Mozart
   Klaus Fahrtmann Klasse 10

Martha hatte Klaus immer hören können, wenn er bei geöffnetem Fenster in seinem Zimmer übte. Sie hatte feststellen müssen, dass er größeres musikalisches Talent hatte als ihr Sohn Michael. Das erkannte sie neidlos an.

7.   Überreichung des Ruhrlandtalers

8.   Walzer von Tschaikowsky
        Orchester des Städt. Gymnasiums

Martha faltete das Programm sorgfältig zusammen und steckte es in ihr Handtäschchen. Sie wollte es als Erinnerung an diesen Tag aufbewahren.

Unruhig rutschte sie auf ihrem Stuhl hin und her. Die Damen in der Reihe hinter Martha unterhielten sich sehr laut.
„Und vier Musikstücke gibt es. Kennst du eines davon?"
„Nein. Mein Gott, und drei Reden werden gehalten. Hoffentlich fassen sich die Redner kurz, ich habe einen Mordshunger, weil ich heute Mittag extra nichts gegessen habe."
„Hast du Tatti schon gesehen?"
„Ja, sie sieht unverschämt gut aus. Und erst ihr Schmuck, der muss ein Vermögen wert sein."

****

116

Siggi packte die sechs Pizzen aus, die er bei einem befreundeten Bäcker in der Innenstadt geholt hatte. Der Wärmebehälter war so groß, dass er seinen Bohrer und den Schweißbrenner darin transportieren konnte.

„Dat is ne tofte Nervennahrung, dat tut richtich gut vor unsern großen Auftritt", meinte Siggi, und reichte Franzl ein Stück Pizza hinüber. „Schmeckt echt gut. Machse auch noch ein Pilsken?"

„Nein, jetzt keinen Alkohol", warnte Fanzl. „Nach getaner Arbeit können wir uns ein leckeres Bier gönnen."

Erwin hatte keinen Appetit und war sehr still, am liebsten würde er jetzt noch aus der Sache aussteigen, aber nun war es zu spät dazu. Er wollte auch nicht von seinem Bruder als Feigling ausgelacht werden.

Sie verstauten die leeren Kartons und einige verräterische Papiere in einem großen Müllsack, den sie unterwegs entsorgen wollten.

„Inne halben Stunde geht et los. Wie die Tussi von den Alten kucken wird, wenn die ihre ganzen schönen Klunkers wech sein tun."

Franzl bemerkte sehr wohl, dass sein Bruder noch nervöser war als sonst.

117

Aber auch er war unruhig.

„Wir dürfen jetzt nicht die Nerven verlieren", ermahnte er sich und seinen Bruder.

„Komm, iss jetzt was, das stärkt dein Nervenkostüm."

Erwin nahm sich ein Stück von der Pizza Hawaii und trank dazu eine Apfelschorle.

*****

Gaudeamus igitur, juvenes dum sumus.

Die letzten Takte der Festouvertüre verklangen.

„Post molestam senectutem nos habebit humus", summte August vor sich hin, als Bürgermeister Ostermann zur Bühne ging.

Herr Ostermann begab sich zum Rednerpult, räusperte sich und klopfte auf das Pult. Einige Gäste unterhielten sich immer noch. Ungeduldig klopfte der Bürgermeister lauter.

Danach wurde es ruhiger.

„Lieber Herr Ogüst, sehr verehrte Frau Ogüst."

Da erst huschten Klaus und Fifi auf die Bühne und schlichen zu ihren Plätzen. Der Bürgermeister tadelt sie mit einem bösen Blick.

August zwinkert ihnen zu.

„Meine Damen und Herren" fuhr Herr Ostermann fort und grüßte zehn Gäste namentlich und die übrigen pauschal. Dann setzte er seine Brille auf, legte sein Manuskript aufs Rednerpult und strich es glatt.

Ostermann gehörte zu den wenigen Menschen, die August nicht leiden konnte. Er verstand immer noch nicht, dass man ausgerechnet Ostermann als Ersatzmann für Rössler ausgesucht hatte.

Erstaunt musste er nach den ersten Sätzen sein Urteil über den Redner revidieren. Ostermann hatte wirklich gründlich recherchiert und eine anspruchsvolle Rede ausgearbeitet. Alle Achtung!

August war sehr stolz, dass er mit Franz Marc, Paul Klee und Wassili Kandinsky auf eine Stufe gestellt wurde. Wie sich seine Farbphilosophie von den Theorien der großen Meister unterschied, hatte Ostermann umständlich zu erklären versucht. Statt zu googlen hätte er nur die Abhandlung „Über die Farbe blau" von August Ogüst lesen sollen, dann hätte sich ihm das Wesen und Geheimnis seiner Werke sofort erschlossen.

August bekam einen Hustenanfall, als der Redner mit blumigen Worten seine karitativen Aktionen aufzählte und lobte. Er schämte sich ein wenig, weil er in den letzten Wochen die

Treuhandstelle, die den Erlös seiner Bilder verwaltete, beschummelt hatte. Seine Werke waren fortlaufend nummeriert, aber er hatte etwa zwanzig bis dreißig Bilder doppelt nummeriert, so konnte er den Verkauf lückenlos nachweisen und den Erlös der doppelten Nummern für sich selbst behalten. Bisher war der Schwindel noch nicht aufgefallen.

„Gott sei Dank, es ist überstanden", dachte Bürgermeister Ostermann, als er sein Manuskript zusammenfaltete.
„Gott sei Dank hat die Lobhudelei ein Ende", dachte August.
„Gott sei Dank, dass er endlich fertig ist", freuten sich viele Zuhörer.
Der Applaus war höflich und kurz.

Der folgende Programmpunkt (Oboenstück gespielt von Klaus) dagegen wurde lange beklatscht.
Dann betrat der Präsident des Landschaftsverbandes die Bühne, gefolgt von seiner niedlichen Enkelin, die den Ruhrlandtaler auf einem Samtkissen präsentierte.

Der Präsident ging zu August und holte ihn auf die Bühne. Auf seinen Stock gestützt, stieg August die drei Stufen hoch.

„Kommen wir zum Höhepunkt des heutigen Abends."

Mit den Worten „Mein lieber Freund, ich darf dir im Namen des Landschaftsverbandes und der Stadt Essen den Ruhrlandtaler überreichen", hängte er August das Band mit dem Taler um den Hals, beide umarmten sich herzlich. August war so gerührt, dass er nur ein leises „Danke" hervorbrachte, das aber im Jubel der Festgesellschaft unterging.

Dann betrat Peter Klammer die Bühne. Der Bechsteinflügel wurde in die Mitte der Bühne geschoben.

„Liebe Gäste, das Büfett wartet auf Sie, aber gedulden Sie sich noch ein paar Minuten, Herr Ogüst hat eine kleine Überraschung für Sie."

Er schlug ein paar Akkorde an, kundige Zuhörer erkannten sofort, dass es eine Melodie aus der Oper Eugen Onegin war.

August lehnte seinen Stock an den Flügel und er selbst stützte sich mit dem Arm auf denselben.

Dann wurde es mucksmäuschenstill im Saal.

„Ein jeder kennt die Lieb auf Erden", begann
August mit seinem tiefen, warmen Bass.

Herr Woller öffnete das Wohnzimmerfenster
und atmete die kühle Abendluft tief ein. Der
Wind trug den Gesang aus der Halle zu ihm
herüber. Er erkannte die Stimme seines Herrn
sofort, denn während langer Autofahrten hatte
er oft diese Arie gesungen.
„Inmitten feiler Bösewichter
und schnödem Spott, Verrat und Lug,
in einer Welt voll Hohn und Trug
und feigem kriechendem Gelichter,
da leuchtet einem Sterne gleich,
Elviras Unschuld."
Oh mein Gott, ärgerte sich August, wie konnte
mir nur dieser Patzer passieren!
Aber er sang unbeirrt weiter.
Tatjana hatte den Fehler gar nicht bemerkt, sie
war mit ihren Gedanken ganz woanders.
Eine Frau in der Reihe hinter ihr zischte
schadenfroh zu ihrem Begleiter:
„Jetzt wissen wir, wen er wirklich liebt."
Tatjana drehte sich empört zu ihr um.

Herr Woller freute sich insgeheim über den
Patzer und wartete gespannt auf das Ende der

Arie. „Führt mich hinan die Himmelsleiter." Manchmal führte August, dem Sinn entsprechend, die Melodie nach oben; wenn er aber gut bei Stimme war, sang er sie eine Oktave tiefer.

So auch heute. Den tiefen Ton hielt er solange, wie die Luft reichte. Und die reichte lange.

Der Beifall wollte nicht enden.

Herr Woller war sehr stolz auf seinen Herrn.

Inzwischen war er hungrig geworden und holte sich eine weitere Portion Heringsalat aus dem Kühlschrank. Er genoss den Salat Gabel für Gabel. Der Hering machte Durst. Ein Bier musste her.

*****

Erwin steuerte das Pizzataxi, Siggi hielt die Kiste mit den Arbeitsgeräten auf seinem Schoß. Franzl träumte vor sich hin:

„Morgen bin ich ein reicher Mann, ein richtig reicher."

Siggi dachte darüber nach, ob er sich ein schickes Auto oder doch lieber eine Harley kaufen sollte. Erwin wagte noch nicht an den zukünftigen Reichtum zu denken.

Sie erreichten die Villa der Ogüsts. Erwin musste noch ein Stückchen weiterfahren, um wenden zu können damit er, wie abgesprochen, in Fluchtrichtung parken konnte.

"Toi, toi, toi", wünschte er Siggi und Franzl als sie mit ihrer Pizza-Kühlbox ausstiegen und sich auf den Weg zur Villa machten.

An der Haustür warteten sie und vergewisserten sich, dass sie niemand beobachtete; dann schlichen sie durch den Garten.

Sie zogen ihre Handschuhe an.

Für Franzl war es ein Kinderspiel, die Terrassentür zu öffnen. Tatjana hatte, wie versprochen, die Alarmanlage ausgeschaltet.

„Sie ist doch ein liebes Mädchen", sagte er zu Siggi.

Erwin war schrecklich aufgeregt. Zu allem Unglück kam auch noch ein Polizist auf das Auto zu und klopfte an die Scheibe der Fahrertür.

Erwin kurbelte, das Fenster herunter.

„Wat is denn, Herr Wachmann?", fragte er so unschuldig wie möglich.

„Haben Sie nicht gemerkt, dass sie im Parkverbot stehen? Und das auch noch in der falschen Richtung?"

„Nee, wirklich? Tut mich leid, Herr Wachmann. Ehrlich! Habbich nich gesehen. Abba ich tu ja auch nich   lange hier stehn bleibn, meine Kollegen sind gleich wieda da, sie bringen nur ein paar Pizzas da drüben in dat Haus", erklärte Erwin in ruhigem Ton.

„Ja, wenn Sie dienstlich hier stehen", erwiderte der Polizist freundlich, „dann will ich mal ein Auge zudrücken."

„Sie können ruhig beide Augens zudrücken. Bin ja schnell widda wech."

Der Polizist lachte. „Dann eine gute Weiterfahrt." Erwin war erleichtert. „Wünsche noch en schöön Aamnt, Herr Wachmann."

Franzl und Siggi   schauten sich zuerst im Zimmer um. Die   Bilder interessierten sie weniger, die Lokomotiven umso mehr.

„Kumma, wat der Proff für feine Lokemotivens haben tut."

Siggi legte sein Werkzeug parat und wandte sich wieder den Lokomotiven zu.

„Inne Kiste is noch genuch Platz für drei von diese Dingers."

Er hatte keine Ahnung von Lokomotiven und suchte sich die größten aus, die er vorsichtig in die Warmhaltebox legte. Dann machte er sich an die Arbeit.

Franzl nahm in dem Sessel vor dem Schreibtisch Platz. Die Marmorgarnitur mit dem alten Fritz belustigte ihn, er klapperte mit den Deckeln der Tintenfässer, einmal rechts, zweimal links und freute sich wie ein kleines Kind über das Geklapper.

Sein Blick fiel auf die chinesischen Vasen.

„Schade, dass die zum Mitnehmen zu groß sind", dachte er.

Es dauerte nicht lange bis Siggi rief: „ Feddich!! Sesam öffne dich." Er legte den Bohrer zur Seite.

„Geschafft, Franzl, kanns zugreifn.!"

Franzl erhob sich und schritt betont langsam zum Tresor. Er öffnete die Tür so weit wie es ging.

Die sieben Kästchen aus blank poliertem Wurzelholz lagen vor ihm.

Franzl holte das erste Kästchen mit der Aufschrift „Smaragde" heraus und öffnete es mit majestätischer Geste.

Das Kästchen war mit blauem Samt ausgeschlagen und leer. Ganz theatralisch holte er ein imaginäres Schmuckstück heraus,

„Diese Kette trägt Madame Ogüst heute Abend", sagte er.

Dann nahm er das zweite Kästchen mit der Aufschrift „Rubine" heraus, hob es hoch und schwenkte es durch die Luft, bevor er es auf den Schreibtisch stellte.

„Und diese wird sie nie wieder tragen", sagte er, indem er den Deckel entfernte.

Stummes Entsetzen.

Das Kästchen war leer.

Franzl holte das dritte.

Es war ebenfalls leer.

Und auch das vierte, fünfte, sechste und das letzte.

„Sonne verdammte Scheiße", fluchte Siggi.

„Diese falsche Schlange, sie hat mich reingelegt", tobte Franzl und stieß wütend mit dem Fuß gegen die erste chinesische Vase.

Wie Dominosteine fielen die anderen Vasen nacheinander um und zerbrachen mit Getöse.

Franzl, der nur Sandalen trug, verletzte sich an einer Scherbe den dicken Zeh.

„Du blutest ja wie Sau", stellte Siggi fest.

„Watte mal, im Auto habbich Verbandzeuch."

„Nix wie weg hier!"

Siggi schaute sich noch einmal um, um sich zu vergewissern, dass sie alle ihre Utensilien mitgenommen hatten.

„Ey, Franzl, kumma da! Auffen Schrank! Ein Spion!"

Mit einem leichten Luftsprung erreichte er die kleine Kamera auf dem Schrank. „Nix da, mein lieba Proff. Keine Bilders von uns." Damit ließ er die Kamera in seiner Jackentasche verschwinden.

Franzl rannte schon über die Terrasse. Er folgte ihm schnell.

Erwin erkannte die beiden, als sie an dem beleuchteten Übergang die Straße überquerten, und schaltete den Motor an. „Allet okay?"

„Nix is okay."

Erwin hatte es ja geahnt, dass die Sache schieflaufen würde.

„Wat is denn nu?"

„Allet Scheiße! Da wa nix in den Tresor. Leer war der, nix wie leere Schachteln drin."

*****

„Sie sind ja ein richtiges Allround-Talent" beglückwünschte der Bürgermeister August zu seinem Auftritt. Er winkte bescheiden ab, freute sich aber insgeheim sehr über das Lob.

Ostermann holte Luft, um weiterzureden, aber August schnitt ihm das Wort ab.

„Haben sie nicht auch Hunger, Herr Bürgermeister? Kommen Sie, lassen sie uns essen gehen." Er nahm Ostermann beim Arm und schob ihn in Richtung Speisesaal.

Am Büfett herrschte dichtes Gedränge. Für die meisten Gäste war das Büfett der Höhepunkt der Veranstaltung.

Die Stadt hatte keine Kosten gescheut und Küchenmeister Fartmann hatte ein erlesenes Schlemmerbüfett zusammengestellt, das so reichhaltig war, dass es schwer fiel, von allem zu probieren.

August war froh, dass Herr Osterman sich jetzt nur noch auf Filet Wellington und Fleisch konzentrierte, und er entfloh in Richtung Hummer und Co. Erstens, weil er sich schon die ganze Zeit auf seine Lieblingsspeise gefreut hatte, und zweitens, weil er dort seine Frau vermutete.

Es war die richtige Richtung.

Tatjana unterhielt sich mit ihren Freundinnen, selbstbewusst und stolz.

„Mein Gott", dachte August, „wie elegant sie in ihrem grünen Kleid aussieht, sie ist wirklich die

Schönste unter allen. Und die Smaragde unterstreichen diese Vollkommenheit noch."

Er drängte sich durch die Menschenmenge zu seiner Frau.

Tatjana löffelte einen Salat, aus dem sie sich nur die Krabben fischte, sie hasste Cocktailsauce. Ihren Mann beachtete sie kaum.

„Tut mir leid, Schatz, dass ich dich mit meiner ersten Frau verwechselt habe, aber heute geht mir so viel durch den Kopf. Dich liebe ich heute immer noch so, wie ich dich am ersten Tags geliebt habe."

Tatjana zuckte gleichgültig mit den Schultern.

„Entschuldige mich, ich muss mal. Bin gleich wieder da", war ihre kurze Antwort, bevor sie durchs Foyer nach draußen ging.

August war ein wenig beleidigt und hielt nach Klammer Ausschau.

Wenn er nicht so nervös gewesen wäre, hätte er sich über die junge Dame neben ihm gefreut, die ihn voller Bewunderung anhimmelte und ihm erklären wollte, dass sie die Farbe in seinen Bildern hören könne, aber er reagierte nur genervt.

„So, so", antwortete er nur kurz und sah sich weiter nach Klammer um.

Endlich entdeckte er Klammer mit Paula und ein paar Freunden im Foyer.

„Entschuldigen Sie mich, gnädige Frau", sagte er erleichtert und ging zu seinem Freund hinüber.

„Ich hab noch was mit August zu besprechen", verabschiedete sich Klammer von seiner Frau und kam auf August zu. Sie gingen zur Ausgangstür.

„So, ich habe mich gestärkt, es kann losgehen." August entging es nicht, dass sein Freund sehr nervös war.

Erstaunt sahen beide Herrn Woller auf die Stadthalle zurennen. Er hatte einen fieberroten Kopf und trug nur einen Bademantel über seinem Schlafanzug.

„Herr Ogüst, Herr Ogüst. Es ist was Schreckliches passiert. Der Tresor ist aufgebrochen worden. Leer!"

August wurde kreidebleich.

„Ich habe mir eine Flasche Bier aus der Küche geholt und gesehen, dass die Terrassentür von Ihrem Arbeitszimmer aufstand und dass die Vorhänge nach draußen flatterten. Da bin ich rüber und habe die Bescherung gesehen. Und die chinesischen Vasen sind auch alle kaputt. Die Polizei habe ich schon verständigt."

Peter Klammer bemühte sich nicht, seine Erleichterung zu verbergen.

„Die Einbrecher hat der Himmel geschickt", flüsterte er August zu.

„Oh Gott", stöhnte August, bevor es ihm schwindelig wurde. Glücklicherweise stand eine Bank in der Nähe, auf die er sich legen konnte.

Klammer befürchtete Schlimmes und rief sofort die 112, dann erst telefonierte er mit Dr. Sommer, dem Hausarzt von August.

Er war unter den Gästen und schnell zur Stelle. Nach einer ersten Untersuchung legte er August die Füße hoch und gab ihm Wasser zu trinken, wenige Minuten später hörte man den Rettungswagen, der mit Martinshorn heranbrauste.

Gleichzeitig trafen zwei Polizeiautos ein, die vor dem Haus der Familie Ogüst parkten. Peter Klammer ging mit Herrn Woller zu den Polizisten hinüber. Herr Woller schloss ihnen die Tür auf.

„Herr Ogüst wird nach einem Schwächeanfall im Rettungswagen behandelt, Sie müssen mit uns vorlieb nehmen", erklärte Klammer. Da kam auch schon Oberthäler.

„Schon gut", meinte er „ich kümmere mich hier um alles."

Auf ihrer Fahrt aus der Stadt hielten Franzl, Siggi und Erwin an einem Parkplatz neben dem Haupteingang vom Stadtpark.

„Wir sollten Tatti mitnehmen, dann hätten wir wenigstens eine Kette", überlegte Franzl.

„Du hass se ja versprochen, mit sie nach Spanien zu gehen. Die wird ganz schön sauer sein, wennze dat nich tus.", meinte Erwin.

„Und wat machen wir dann mit die Frau?" fragte Siggi.

„Da wird mir schon was einfallen."

„Du wars ganz schön valiebt."

„Man muss seine Rolle überzeugend spielen."

„Sie hat dich abba ganz schön gelinkt. Vielleicht hat se gemerkt, dass du ein falschet Schpiel mit ihr schpiels."

„Nein bestimmt nicht. Wer weiß, was ihr Alter mit dem Schmuck gemacht hat. Ich rufe Tatti jetzt an." Er tippte die Nummer ein, der Ruf ging durch, und Tatti nahm den Anruf an.

Das Handy wäre ihm bald aus der Hand gefallen. Er hörte Tattis Stimme und im Hintergrund Sirenen und Martinshorn.

„Scheiße, die Bullen haben den Einbruch schon bemerkt", fluchte er. „Nur weg von hier. Sie dürfen uns nicht orten."

Er schleuderte das Handy aus dem Fenster. Es landete sanft in einer Wildrosenhecke. Die Verbindung war unterbrochen.

Tatjana hörte das Martinshorn ebenfalls.

„Was mag da nur los sein?", dachte sie.

Immer wieder versuchte sie Franzl zu erreichen; der Ruf ging durch, aber Franzl meldete sich nicht.

*****

Zwei Betrunkene torkelten aus dem Stadtpark in Richtung Parkplatz.

Das Handy in der Rosenhecke klingelt.

„Da ruft mich jemand an!", wunderte sich der erste.

„Du spinnst ja", sagte der zweite. „Du hast ja gar kein Telefon!"

"Hör doch."

„Tatsächlich."

Nach drei vergeblichen Versuchen schaffte er es, das Smartphone aus dem Strauch herauszuziehen. Und er fand sogar die grüne Taste.

„Franzl?", hörte er eine Frauenstimme fragen.

„Hallo Süße, wer bist du denn?"

„Du bist ja betrunken, Franzl."

„Betrunken bin ich schon ein wenig, aber ich bin nicht Franzl."

Tatjana wunderte sich, dass eine ihr unbekannte Stimme antwortete, und fragte: „Wie kommen Sie an Franzls Handy?"

„Ach, das ist Franzls Handy. Ich habe es gefunden."

„Wo?"

„Am Park, da lag es auf Rosen gebettet und hat mich gerufen. Kann ich dich mal besuchen, Süße?"

Tatjana war fassungslos und kämpfte mit den Tränen, als sie ihr Handy abschaltete und in die Halle zurückging.

Jetzt erst sah sie den Rettungswagen. Paula Klammer kam auf sie zu.

„Kein Grund zur Sorge, Tatjana."

„Was ist passiert?", erkundigte sich Tatjana ängstlich.

„Bei euch ist eingebrochen worden. Das hat August im wahrsten Sinne des Wortes umgehauen. Er hatte einen Schwächeanfall, aber jetzt geht es ihm schon wieder besser."

Tatjana lief zum Rettungswagen.

Mit Erleichterung sah sie, dass August - wenn auch etwas wackelig - wieder auf den Beinen war und aus dem Wagen kletterte.

„Komm, lass uns hier draußen etwas frische Luft schnappen", schlug sie vor und führte ihn zu einer Bank.

„Du musst dir keine Sorgen um mich machen, Liebes, es ist alles gut."
„Gott sei Dank", sie kuschelte sich an ihn.
Die Nacht war angenehm warm und von vielen Solarleuchten erhellt. Einige Lampen waren so positioniert, dass sie die Bäume von unten anstrahlten und diese in geheimnisvolles Licht hüllten.
„Du siehst traurig aus, Liebes, hat dich mein Patzer so sehr verletzt?"
Tatjana schüttelt den Kopf.
„Du hast mir nicht wehgetan. Aber ich muss mich bei dir entschuldigen."
„Du, bei mir?"
„Ach, August, wie soll ich dir das nur erklären?", flüsterte sie mit weinerlicher Stimme.
„Ich habe mich verliebt. In einen jungen Mann. Ich wollte dich verlassen. Wir wollten nach Spanien." Wütend erzählte sie weiter
„Und er ist ohne mich abgehauen, er hat mich betrogen und dich auch. Dieser Lügner, dieser Schuft."

August gab sich betroffen.

„Womit habe ich das verdient? Ich liebe dich, und du betrügst mich mit einem Kerl. Heißt er zufällig Franzl?"

Tatjana hielt verblüfft inne.

„Woher kennst du seinen Namen?"

„In der Nacht, als ich aus München kam, hast du bei uns im Haus Besuch gehabt und jemanden so genannt."

„Du hast also gewusst, dass ich…"

„Dass du einen Liebhaber hast, ja. Aber dass du ernsthaft daran gedacht hast, mich zu verlassen, das erstaunt mich doch."

„Es ist vorbei. Er ist sicher schon über alle Berge mit dem gesamten Schmuck."

Jetzt war August überrascht.

„Mit dem Schmuck?"

„Ja, er hat heute Abend den Tresor ausgeräumt."

„Dann war dein lieber Freund der Dieb!"

„Mit dem Erlös von dem Schmuck wollten wir in Spanien ein neues Leben beginnen. Dieser niederträchtige Kerl hat mich betrogen und mich um mein Vermögen gebracht."

August sagte dazu nichts, es war schließlich sein Vermögen.

„Die Polizei untersucht den Tatort schon. Kennst du Franzl schon länger, und was weißt du von ihm?"

„Er kommt aus Norddeutschland und ist seit drei Monaten in der Stadt. Wo er gewohnt hat, weiß ich nicht, wir haben uns nur bei mir im Studio getroffen."

„Du hast dich der Beihilfe zu einer Straftat schuldig gemacht. Hoffentlich finden die Ermittler das nicht heraus. Wenn sie dich verhören sollten, stell dich dumm. Ansonsten vergessen wir die ganze Angelegenheit. Der Schmuck ist gut versichert und die Versicherung wird ihn ersetzen. Basta! Mach dir keine Gedanken mehr darüber."

„Du bist mir nicht böse?"

„Ach, Liebes. Was bedeuten schon ein paar bunte Steine! Vergiss den falschen jungen Liebhaber und bleib bei deinem echten alten Mann."

„Ach, August", flüsterte sie erleichtert und küsste ihn.

Sie bleiben noch eine Weile schweigend sitzen und beobachteten die angestrahlten Bäume, die in der Dunkelheit wie bizarre Gespenster aufragten.

Dann mischten sie sich wieder unter die Festgesellschaft. Ihr Verschwinden war keinem der
Besucher aufgefallen.

Im großen Saal spielte die Bredeneyer Brass
Band und die ersten Paare tanzten schon.
August musste erst einmal etwas essen und
machte sich über seinen geliebten Fisch her.

*****

Im Hause des Professors suchte Oberthäler mit
seinen Kollegen nach brauchbaren Spuren von
den Einbrechern. Sie fotografierten den Tatort,
die aufgebrochene Balkontür und den Tresor
und fanden zahlreiche Fingerabdrücke. Aller
Wahrscheinlichkeit nach stammten die aber
nicht von den Tätern; die hatten vermutlich mit
Handschuhen gearbeitet.

Die Blutspritzer an den Scherben der
zerbrochenen Vasen dagegen waren wert-
volles Beweismaterial, das sie sicherten.

„Feierabend", sagte Oberthäler zu den
Beamten. „Lassen wir es für heute Nacht gut
sein. Morgen ist auch noch ein Tag."

Sie verließen das Haus.

Während Oberthäler noch überlegte, ob er in
der Stadthalle mit seinen Freunden

weiterfeiern oder sich doch besser zu Hause von dem langen Tag erholen sollte, kamen Michael und Klaus verlegen auf ihn zu.

„Wir müssen Sie sprechen, Herr Kommissar, denn …" , begann Klaus.

„Wir haben etwas für Sie", setzte Michael den Satz fort und gab ihm drei Edelsteinketten, die er aus seiner Hosentasche gezogen hatte. Klaus überreichte dem Kommissar drei weitere.

Oberthäler wusste nicht recht, wie er reagieren sollte, und sagte nur. „Also ihr!! Dann kommt mal mit."

Sie gingen zu seinem Wagen „Hier können wir in Ruhe miteinander reden."

Die beiden Jungen erzählten warum und wie sie den Tresor geöffnet hatten. Oberthäler hörte aufmerksam zu, und als die beiden ihren Bericht beendet hatten, schwieg er eine Weile.

„Werden wir jetzt bestraft?", fragte Michael ängstlich.

„Für mich gilt doch das Jugendstrafrecht noch, oder? Ich bin ja noch keine achtzehn", wollte Klaus wissen.

Oberthäler sah die Jungen prüfend an, dann zog ein breites Grinsen über sein Gesicht.

„Ich könnte euer Vorgehen als verdeckte Ermittlung für die Polizei durchgehen lassen", schmunzelte er.

„So, und nun ab ins Bett mit euch. Lasst mir den Schmuck hier. Morgen Nachmittag geben wir ihn dann Herrn Ogüst zurück."

Klaus und Michael gingen erleichtert nach Hause.

Oberthäler war wieder hellwach, als er in sein Büro fuhr. Erst einmal brühte er sich einen starken Kaffee auf, füllte ihn mit viel Milch auf und trank die Tasse in einem Zug leer.

Dann breitete er die Ketten auf seinem Arbeitstisch aus. Die glitzernden Steine faszinierten ihn. Er nahm das Diamantcollier in die Hand und drehte es im Lichte der Schreibtischlampe hin und her; in allen Regenbogenfarben funkelten die Steine.

Danach betrachtete der die Saphirkette im Licht. Die Leuchtkraft der Steine war beeindruckend. Schließlich holte er die Rubine; sie leuchteten geheimnisvoll tiefrot und übertrafen mit ihrer Brillanz die Saphire.

Die Ketten mit Opalen und Aquamarinen interessieren ihn nicht so sehr. Als er sich an dem Gefunkel sattgesehen hatte, holte er seine Lupe, um die Echtheit der Juwelen genauer zu überprüfen. Da er unsicher, war, rief er noch in der Nacht einen Kollegen an, der ein Edelstein-experte war.

Sonntag, 7. September

Als gute Christin ging Paula Klammer jeden Sonntag in die Kirche. Herr Klammer konnte sich nur zu Ostern und Weihnachten zum Kirchgang aufraffen.

Aber am Sonntag nach der Feier in der Stadthalle begleitete er seine Frau zur Messe. Er wäre zwar gerne noch etwas länger im Bett geblieben, denn nach dem reichlichen Alkoholgenuss in der Nacht hatte er einen sehr schweren Kopf, aber für die glückliche Fügung, die ihn vor dem Debüt als Tresorknacker bewahrt hatte, wollte er in der Kirche ein Dankopfer bringen. Das Kollektengeld fiel entsprechend üppig aus.

Auf dem Heimweg trafen sie die Ostermanns, die ebenfalls sehr verkatert aussahen.

Die Damen schwelgten in Erinnerungen an die durchtanzte Nacht.

Ostermanns hatten gar nicht mitbekommen, dass Herr Ogüst wegen einer Kreislaufschwäche behandelt werden musste, und Paula Klammer schilderte ihnen stolz, wie sehr sie und ihr Mann sich um seine Rettung bemüht hätten.

Herr Klammer dachte noch an die Predigt über den 90. Psalm „Wir bringen unser Leben zu wie ein Geschwätz" und musste dabei unweigerlich an Ostermann denken, den er - ebenso wie Ogüst — als dummen Schwätzer betrachtete. Aber die Rede gestern Abend, also wirklich, die hatte Hand und Fuß gehabt. Er gratulierte ihm.

Ostermann fühlte sich von dem Lob sehr geschmeichelt, aber er wollte sich nicht mit fremden Federn schmücken und hätte beinahe gestanden, dass er nicht der Urheber dieser Laudatio war. Doch er sonnte sich zu gern weiter in dem Ruhm, der ihm so unrechtmäßig zuteil geworden war, und ließ es bleiben.

Am Kreisverkehr trennten sich ihre Wege.

Peter Klammer brachte seine Frau noch bis zur Haustür und ging dann zügig zur Stadtsparkasse.

Er hatte sich dort für zwölf Uhr mit Herrn Wiese, dem Generalbevollmächtigten der Bonifaz-Versicherung, verabredet. Weil dieser ein guter Freund von Peter Klammer war, hatte er sich bereit erklärt, auch sonntags für eine schnelle Schadensregulierung zur Verfügung zu stehen.

Klammer holte die Expertisen und Fotos der gestohlenen Schmuckstücke aus seinem Safe.

August hatte seinem Freund diese Dinge anvertraut, weil er sie nicht zusammen mit dem Schmuck bei sich im Hause haben wollte.

Herr Wiese war Punkt zwölf Uhr bei ihm, und sie fuhren gemeinsam zu August. In dessen Arbeitszimmer tranken sie erst einmal eine Tasse Kaffee und versuchten dann, sich ein Bild von dem Einbruch zu machen.

Herr Wiese fotografierte; jedes Detail war für die Versicherung wichtig.

Der Anblick der zerstörten chinesischen Vasen tat ihm richtig weh, denn er war ein großer Liebhaber chinesischer Kunst.

Klammer holte die Expertisen aus seiner Tasche und legte sie auf dem Tisch aus.

Herr Wiese zweifelte anfangs an dem hohen Wert des Schmucks, aber die Fotos überzeugten ihn von der Güte der einzelnen Stücke.

Mit großer Liebe zum Detail hatte August die Bilder gemacht und sie mit seinem Fotoprogramm so bearbeitet, dass die Diamanten, Rubine und Saphire noch intensiver funkelten als ohnehin schon. Herr Wiese kam aus dem Staunen nicht heraus.

August machte ihm Kopien von Policen und Bildern. Wiese schaute sie sich immer wieder an.

„Da sind ja unersetzbare Schätze verloren gegangen", meinte er. „Haben Sie die Ketten und Ringe selber mal gesehen, Herr Klammer?"

„Ja, ich war dabei, als August, Herr Ogüst, die Fotos gemacht hat. Ich habe den Schmuck ausgeleuchtet. Herr Wiese, so etwas Schönes habe ich nie wieder gesehen. Der Schwiegervater von Herrn Ogüst hat den Schmuck entworfen und gefertigt. Er war wirklich ein großartiger Goldschmied."

„Und alle sind gestohlen worden?"

„Nein, die Smaragde hat meine Frau gestern getragen."

Herrn Wiese sah man die Erleichterung an, denn das Smaragdcollier war das teuerste Stück der Sammlung.

Tatjana saß auf der Terrasse und sonnte sich.

„Liebling, kannst du mal bitte kommen und Herrn Wiese die Smaragdkette zeigen?"

Tatjana trug auch heute wieder das Collier. Sie nahm die Kette ab und legte sie Herrn Wiese in die Hand.

Er drehte die Smaragde sprachlos und vorsichtig hin und her. Im Sonnenlicht entwickelten sie eine ungeheure Strahlkraft.

Er betrachtete die glitzernden grünen Steine andächtig.

„So etwas Kostbares habe ich bisher nur auf Bildern gesehen. Wie glücklich muss die Frau sein, die so etwas Außergewöhnliches tragen darf."

Die Standuhr schlug zweimal. Herr Wiese schaut auf seine Uhr.

„O, es wird Zeit für mich, ich habe meinem Sohn versprochen, dass ich um halb drei auf dem Fußballplatz sein werde. Er steht heute zum ersten Mal im Tor. Die Formalitäten sind ja alle erledigt. Ich werde dafür sorgen, dass meine Versicherung den Schaden so schnell wie möglich reguliert."

Von Tatjana verabschiedete er sich mit einem Handkuss, von August mit einem so festen Händedruck, dass ihm die Hand schmerzte, Herrn Klammer winkte er nur lässig zu, als August ihn zur Haustür begleitete.

Tatjana begab sich auf die Terrasse, um die Herbstsonne zu genießen, aber richtige Ruhe wollte nicht aufkommen.

Sie war sauer auf sich und ihre Naivität.

In der Nacht war sie noch der strahlende Mittelpunkt der Essener Gesellschaft und heute nur noch die einfältige Frau, die auf einen gut aussehenden Blender hereingefallen war.

Sie rührte ärgerlich mit dem Strohhalm in ihrem Aperol-Sprizz und ertränkte dann mit einem großen Schluck die Wut auf ihre Dummheit.

Warum hatte sie nicht früher erkannt, dass Franzl sie nur benutzt hatte um an die Juwelen zu gelangen? Aber Liebe macht bekanntlich blind. Sie hatte sich wirklich in Franzl verliebt und ihm jedes Wort geglaubt. Er war so ein schöner Mann! Aber wäre sie mit ihm in Spanien glücklich geworden?

Heute bezweifelte sie es und war froh, dass ihr Vorhaben missglückt und sie bei ihrem Mann war, der ihr nicht einmal verübelte, dass sie mit dem Schwätzer durchbrennen wollte.

Sie rieb den Smaragdtropfen zwischen Daumen und Zeigefinger und spürte wie er sich erwärmte. Eine große Freude durchströmte sie, weil sie die wundervolle Kette weiterhin tragen konnte, und Franzl dieses wertvolle Stück nicht ergattert hatte.

„Ach, Liebling, kannst du mal kommen und mir helfen, die Kette wieder anzulegen?" August kam ihrer Bitte sofort nach und naschte an ihrem Aperol.

Sie sahen Robert Oberthäler mit Michael und Klaus vom Kutscherhaus herüberkommen und ins Herrenzimmer gehen. Oberthäler, der den Versicherungsmann hatte wegfahren sehen, fragte Klammer: „Macht die Bonifaz jetzt auch sonntags Kundenbesuche?"

„Es ist immer gut, wenn man die guten Beziehungen zu wichtigen Leuten pflegt", meinte Klammer schmunzelnd, „dann helfen sie in schwierigen Situationen schneller als im Normalfall."

„Ist dies hier denn eine schwierige Situation?" wollte Oberthäler wissen.

„Oh ja, es geht hier um eine Riesensumme. Und August braucht das Geld in Kürze."

„So, so", meinte Oberthäler nur.

„Klaus, du hast gestern Abend großartig gespielt", lobte Klammer den Jungen. „Willst du nach dem Abbi nicht doch lieber Musik studieren?"

„Nee, ich gehe zur Polizei, Musik bleibt mein Hobby."

August kam leise summend wieder zurück ins Herrenzimmer:

„Das Glück ist kugelrund,
vor kurzem war ich noch ein rechter Lumpenhund,
nicht sehr viel mehr als Mensch und Christ
und nun auf einmal Kapitalist."
Er begrüßte gutgelaunt die neuen Gäste.

„Die Jungen haben dir was zu sagen", begann Oberthäler.

„Wollt ihr etwas trinken?" August bot ihnen Wasser und Limonade an. Oberthäler entschied sich für Wasser, die Jungen tranken lieber Limo. Klaus und Michael sahen verlegen aus.

„Welche Laus ist dir den über die Leber gelaufen, 13-9-3-8-1?", erkundigte sich August.

Michael druckste verlegen herum. Er sah abwechselnd Oberthäler und August an und sagte dann kleinlaut: „Ich muss dir was beichten 15-16-1-1-21-7-21-19-20. Wir haben deinen Schmuck geklaut, Klaus und ich."

August sah ihn belustigt an.

„Also du hast den Tresor aufgebrochen und meine schönen Vasen zerdeppert!"

„Nein, ich habe die Vasen nicht kaputtgemacht. Und aufgebrochen habe ich den Tresor auch nicht. Ich habe ihn mit dem Code geöffnet. Und hier sind die Ketten."

Michael zog drei Ketten aus seiner Hosentasche, die drei anderen holte Klaus aus seiner Tasche und legte die wertvollen Stücke vorsichtig auf den Tisch, auf dem noch die Fotos von allen Ketten lagen.

„Wir wollten nicht, dass sie in falsche Hände geraten."

August lachte gequält auf.

Klammer starrte auf den Tisch. „Was ist das denn? Das kann nicht wahr sein! Der Schmuck ist wieder da!"

Jetzt kam auch Tatjana herein.

„Oh, mein Gott, dann hat Franzl den Schmuck gar nicht. Er glaubt jetzt, dass ich ihn reingelegt habe."

Sie strich liebevoll über jede Kette.

August saß kreidebleich in seinem Sessel.

„Du freust dich gar nicht darüber,15-16-1-1-21-7-21-19-20?"

„Doch, doch, aber…", er wischte sich über die Stirn, „wie bist du an den Code gekommen,13-9-8-1?"

„Du hast ihn selbst verraten, als ich bei dir war und du die weiße und die grüne Kette aus dem Tresor geholt hast."

„Und warum hast du den Schmuck, na sagen wir, an dich genommen?"

„Ich wollte nicht, dass Franzl ihn klaut."

Tatjana sah den Jungen entsetzt an.

„Woher weißt du ...?"

Mit einem abschätzigen Blick sah Michael Frau Ogüst an und verkündete triumphierend: „Ich habe gelauscht, als Franzl bei Ihnen war."

August staunte immer mehr.

„Warum hast du mir nichts davon erzählt?"

„Wir wollten Franzl reinlegen und ihm einen Denkzettel verpassen."

„Das hat aber nicht so geklappt, wie wir uns das vorgestellt haben", erklärte Klaus. „Auf dem Schrank haben wir eine Kamera versteckt, um die Einbrecher mit dem Film zu überführen. Aber die haben die Kamera mitgenommen."

„Auf jeden Fall ist der Schmuck wieder da", freute sich Peter Klammer.

August war nicht wirklich froh darüber.

Er holte 20 Euro aus seiner Brieftasche.

„Kommt Jungs, holt uns bei Bellini fünf leckere Eis."

Die beiden folgten erleichtert dem Befehl.

Oberthäler hatte sich inzwischen das Smaragdcollier geben lassen und es genauer begutachtet.

Auf dem Foto waren die Ketten in Originalgröße abgebildet. Er positionierte alle Ketten exakt auf der Vorlage.

Sie waren nicht deckungsgleich.

Oberthäler wandte sich wieder August zu und sah ihn fragend an. Er nahm die Diamantkette, ließ die Steine über seine Finger gleiten, hielt sie gegen das Licht. Sie funkelten in allen Regenbogenfarben. Dann betrachtete er die Rubine und Saphire und platzierte sie wieder auf dem dazu gehörenden Foto.

„Nun", begann Oberthäler nach einer Weile. „Wirklich gute handwerkliche Arbeit. Alles tadellos. Aber mehr als gute Arbeit ist es nicht, August. Ich habe heute Morgen mit unserem Experten die Steine auf ihre Echtheit geprüft. Imitate, Glasperlen, nichts als Glasperlen."

Dann herrschte explosive Stille, bis Tatjana wütend kreischte: „Das ist nicht wahr, mein Schmuck ist Millionen wert."

Peter Klammer war ebenso entsetzt wie sie und schüttelte ungläubig den Kopf.

„August, du ... !" Weiter kam er nicht, denn Tatjana schrie weiter.

„Du hast mich zum Gespött der Leute gemacht. Frau Ogüst mit unechtem Schmuck. Dass du mich so hintergehst, August!!"

„Was ist mit dem echten Schmuck passiert, August", fragte Oberthäler in ruhigem Ton und drehte das Wasserglas in seinen Händen.

„Ach, Walter", brachte August mühsam hervor, „nach Elviras Tod ging es mir schlecht, ich habe gearbeitet und gearbeitet. Es sind wunderbare Bilder dabei herausgekommen, die ich unbedingt veröffentlichen wollte. Den Frauen, die mir sehr dabei geholfen haben, dankte ich es mit Schmuck."

August geriet ins Schwärmen.

„Es waren immer wunderbare Frauen, die mir die Türen zu den Museen geöffnet haben.

Dolores di Burgos hat meine Ausstellung im MACBA in Barcelona ermöglicht. Das Museum war das erste, das meine Serie ‚Vergessen' ausgestellt hat. Dolores habe ich die Aquamarinkette geschenkt.

Anne Smith von der Tate Gallery in London hat die Rubine bekommen. Sie hat sich sehr dafür eingesetzt, dass meine Bilder Platz in der Gallery of Modern Art in Glasgow bekommen habe.

Eine aparte Frau war Rebecca Weinberg vom Museum of Modern Art in New York. Auf ihre Initiative hin sind dort meine ersten Gemälde der Serie ‚Viel blau mit grün' ausgestellt worden. Passenderweise hat sie die Saphire bekommen.

Eine besondere Ehre für mich war die Anfrage von UCCA, dem Center for Contemporary Art in Peking. Die reizende Mian Wu hat dafür gesorgt, dass mein Bild ‚der Mandarin' in China ausgestellt werden durfte. Ihr habe ich die Opale geschenkt. Ach, sie war zauberhaft."

„Dieser schlitzäugigen Hexe", giftete Tatjana weiter. "Hast du damit die Genehmigung für deine Ausstellung in China erkauft?"

„Nein, zum Dank dafür, meine Liebe, nur zum Dank. Die Zitrine hat Sonja bekommen."

„Ach, die ist harmlos. Und welcher Dame hast du die Diamanten geschenkt?"

„Claude Levier hat sie zurückgekauft. Die Diamantkette war das Lieblingsstück seiner Mutter. Der alte Levier hatte diese zu ihrer Hochzeit gemacht und Elvira hat sie zu ihrer Hochzeit getragen.

Von dem Erlöse der Diamanten habe ich meine Schulden bezahlt.

Von allen Schmuckstücken hat Claude mir exakte Kopien gemacht.

Nur die Smaragde habe ich behalten, davon konnte ich mich nicht trennen."

Oberthäler sah August zweifelnd an.

„Schau sie dir an!"

August beugte sich über das Foto und die Smaragdkette. „Es ist die Echte. Bis auf den Tropfen, den Claude für Tatjana dazugemogelt hat."

„Schau genau hin", forderte Oberthäler ihn auf. „Es sind nicht die Originalsteine. Siehst du, sie sind viel kleiner als die echten und sie sind auch anders geschliffen."

August setzte seine Brille auf und sah genauer hin. Jetzt erst erkannte er die Abweichungen von der Vorlage. Er wollte es nicht glauben, aber der Vergleich mit dem Foto lieferte den eindeutigen Beweis: Fast alle Steine hatten eine andere Größe als die Originalsteine auf dem Bild.

„Die Smaragde hat der Meister schlecht kopiert", stellte Oberthäler fest.

„Bist du jetzt überzeugt? Gefärbtes Glas, wie alle anderen auch."

August sah stumm auf seine geliebten Smaragde, er starrte sie lange an. Schließlich flüsterte er:

„Das wirst du mir büßen, Claude Levier, das wirst du mir büßen!"

Leise vor sich hin pfeifend verließ Walter Oberthäler den verdutzten Professor und seinen Freund.

„O, du lieber Augustin, alles ist hin".

Die beiden Jungen waren sehr erstaunt, dass sie Kommisar Oberthäler nicht mehr antrafen, als sie mit dem Eis zurückkamen.

„Bringt es ihm nach", meinte August, „er kann noch nicht weit sein."

„Ja, dann gehen wir auch mal."

Sie packten die Eisbecher aus, nahmen drei mit und verabschiedeten sich.

Nachdenklich lutschten die beiden Herren an ihrem Eis.

„Was denkst du nun von mir, Peter?", fragte August seinen Freund mit schuldbewusstem Blick.

Peter sah seinem Freund lange in die Augen. August wandte seinen Blick von ihm ab.

Nach einer Weile sagte Peter: „Du bist ein ausgemachtes Schlitzohr."

„Danke, ebenso. Wer hat denn den Raub geplant? Wer hat mich dazu überredet?"

„Ich wollte dir nur helfen. Wie konntest du nur den Schmuck deiner Frau verhökern? Hätte ich geahnt, dass du nur Imitate in deinem Tresor aufbewahrst, dann wäre ich nie auf die Idee gekommen."

„Schwamm drüber. Ich habe die böse Ahnung, dass mein lieber Schwager mich ganz schön reingelegt hat. Als ich ihn wegen der Smaragde angerufen habe, hat er sich verraten. Er meinte, dass es die letzten seien, die ihm noch fehlten. Dann hat er sich schnell verbessert und gesagt: 'die ich noch nicht kopiert habe'. Das beweist doch wohl, dass er den echten Schmuck für sich behalten hat und mich mit Imitaten abgespeist hat."

„Wie willst du das beweisen?"

„Wenn Sonjas Schmuck nicht echt ist, dann haben wir den Beweis für Claudes Gaunereien. Er hat mir nicht die Originalkette und die Kopie zurückgegeben, sondern zwei Kopien. Die echte Kette hat er behalten. Wirst du mir helfen, Peter? Ich werde gleich morgen nach München fliegen und die Sachlage überprüfen. Begleitest du mich?"

Peter überlegte nicht lange.

„Okay, ich bin dabei."

Montag, 8. September

Das Haus der Familie Levier in München hatte sich in all den Jahren nicht verändert. Erst auf den zweiten Blick bemerkte August, dass die Fassade nicht nur frisch weiß gestrichen, sondern auch mit dicken Platten isoliert worden war. Die Girlanden und Blattranken waren originalgetreu nachgebildet und aufgeklebt. Sie waren golden gestrichen, ebenso wie die Jahreszahl 1921 am Giebel. Auch die Laibungen der hohen Fenster mit den abgerundeten Oberlichtern waren goldfarben abgesetzt.

August und Peter betraten das Juweliergeschäft.

Auch die Verkaufsräume waren unverändert. Die hohe Wandvertäfelung aus dunklem Holz wirkte etwas altertümlich, verlieh den Räumen aber eine seriöse Note. Im vorderen Teil des Geschäfts waren die industriell gefertigten Ketten, Ringe und Broschen in großen Schaukästen ausgestellt; der hintere Teil, der von einem riesigen Kronleuchter beleuchtet wurde, war den Schmuckstücken vorbehalten, die Claude Levier gefertigt hatte. Die kostbaren Juwelen ruhten sicher in Vitrinen, die in die

Wände eingelassen waren. In die Kopfwand war eine besonders gesicherte Vitrine eingemauert, in der die wertvollsten Schätze untergebracht und effektvoll ausgeleuchtet waren: die Lieblingswerke seines Vaters, Charles Levier.

Außer August und Peter war nur noch ein älteres Paar in dem Laden, das Eheringe kaufen wollte. Ein Verkäufer präsentierte den beiden die gesamte Ring-Kollektion. Der Herr wollte unbedingt traditionelle Ringe aus Gelbgold, die Dame wollte aber lieber Ringe aus Weißgold. Der gewiefte Verkäufer riet zur Wahl zweifarbiger Ringe. Der Vorschlag gefiel den Herrschaften, und sie entschieden sich für die außergewöhnlichen Ringe, obwohl diese um ein Vielfaches teurer waren als die herkömmlichen.

Peter und August sahen sich interessiert um.

Vor der Vitrine mit Elviras Schmuck blieb August lange schweigend stehen.

„Hier also ruhen meine Juwelen, die Claude gegen geschliffenes Glas ausgetauscht hat."

Sie waren wundervoll arrangiert.

Peter beobachtete seinen Freund und überlegte. Wird seine Freude über die gelungene Präsentation des Schmuckes größer sein als die Wut über den Schwager, der sich die Juwelen unrechtmäßig angeeignet hat?

„Hier sind die Colliers besser untergebracht als bei dir im Tresor," stellte Peter fest. „Meinst du das nicht auch August?"

August nickte nur.

Ein Verkäufer bemerkte, dass August und Peter so intensiv den teuren Schmuck betrachteten .

„Kann ich Ihnen behilflich sein?", fragte er höflich.

„Wir möchten gern zu Herrn Levier."

Der Verkäufer führte sie zum Büro und öffnete die Tür. Claude saß an seinem Schreibtisch. August fiel als erstes das Bild hinter dem Schreibtisch auf: „Viel Blau mit Grün". Als er nähertrat konnte er erkennen, dass es die Nummer 7 war.

Claude war überrascht, als er August und Peter erblickte, und erhob sich sprachlos. Ihm schwante nichts Gutes.

„Was führt dich schon wieder nach München, Schwager?"

August antwortete nicht, sondern breitete das Smaragdcollier und den Zitrin-Schmuck, den er zuvor bei Sonja geholt hatte, auf dem Schreibtisch aus.

161

„Gib mir meine Juwelen wieder, Schwager!" forderte mit barschem Ton.

Jetzt wurde Claude kreidebleich.

„Nun hast du es also doch gemerkt, August."

„Du bist mir ein guter Freund, Claude. Mich so zu betrügen! Warum, Claude?"

August wunderte sich über sich selbst, dass er so ruhig bleiben konnte.

Claude verteidigte sich mit leiser Stimme.

„Ich wollte nicht, dass eine fremde Frau den Schmuck meiner Mutter und meiner Schwester bekommen sollte. Das konnte ich nicht ertragen Die Stücke müssen in der Familie bleiben. Ich kann mich nicht davon trennen." Er machte eine lange Pause, während der er mit Verständnis heischendem Blick seinen Schwager ansah.

„August ich mache dir einen Vorschlag. Den materiellen Wert der Schmuckstücke ersetze ich dir, die Originale behalte ich."

Jetzt war August sprachlos.

„Mensch August, geh darauf ein, mach das", flüsterte Peter seinem Freund zu.

Tausend Gedanken schwirrten August durch den Kopf. „Die Versicherungssumme kann ich knicken, stattdessen werde ich eine saftige Strafe wegen Betrugs zahlen müssen. Die Raten für die Bank werden Ende des Monats fällig, dann bin ich restlos pleite. Soll ich die Juwelen für Tatjana im Tresor horten? Ich will nicht mehr, dass Tatjana den Schmuck von Elvira trägt. Was nutzen mir also wertvolle Steine im Tresor? Ich brauche Geld und zwar sehr schnell und sehr viel."

Claude sah seinen Schwager erwartungsvoll an. Geht er auf mein Angebot ein?

„Okay", sagte August, „ so machen wir das."

Claude atmete erleichtert auf und nahm August in die Arme.

„Danke, lieber Schwager. Mir fällt ein Stein vom Herzen".

August knuffte Claude in den Rücken.

„Mir auch."

„Dann ist alles wieder gut?"

August nickte.

„Ab sofort überweise ich dir monatlich dreitausend Euro", schlug Claude seinem Schwager vor. „Einverstanden?"

August wusste nicht so recht, ob er auf das Angebot eingehen sollte, da mischte sich Peter ein.

„Nein Claude, so einfach machen wir dir die Sache nicht. Zuerst einmal zahlst du deinem Schwager einhunderttausend Euro sofort aus, den Rest kannst du dann in den vorgeschlagenen monatlichen Raten abstottern."

Claude schluckte ein wenig, ging dann aber auf den Vorschlag ein.

August sah seinen Freund dankbar an. Er selbst hätte nie gewagt so eine hohe Forderung an seinen Schwager zu stellen. Dann lehnte er sich erleichtert in seinem Sessel zurück.

„Jetzt wird alles gut", dachte er. „Ich bin gerettet, meine Bank bekommt pünktlich ihr Geld zurück, und ich bin, meinem rettenden Engel Peter sei Dank, alle Sorgen los."

Claude verließ das Büro und kam kurz darauf mit einer Zitrinkette in den Händen wieder zurück.

„Sonja hat eine echte Kette verdient", meinte er. Das Schmuckstück legte er in die edle Schatulle, die zuvor die minderwertige Kopie enthalten hatte und überreichte sie August.

„Grüße Sonja schön von mir."

*****

Sonja begrüßte August und Peter mit einem strahlenden Lächeln. Mit Schminke und Puder hatte sie die Spuren der Müdigkeit in ihrem Gesicht kaschiert und bat die beiden ins Haus.

„Ach, die Zeit in New York war ganz schön, aber anstrengend."

August überreichte ihr die edle Schatulle mit dem edlen Schmuck.

„Und, war alles in Ordnung?", fragte Sonja neugierig.

„Es war alles so, wie es sein sollte", log August

„Heute Morgen habe ich gar nicht so richtig verstanden, warum die Kette auf einmal nicht mehr echt sein könnte."

Peter versuchte ihr zu erklären, dass am Wochenende der Verdacht aufgekommen sei, Elviras Schmuck könne kopiert worden sein.

„Das ist doch nichts Schlimmes. Viele Dinge werden kopiert. Kopie hin, Kopie her, die Kette ist gut gemacht, ich habe sie immer gerne getragen", entgegnete Sonja.

„Aber wir mussten befürchten, dass für die Kopie unedles Material verwendet worden sein könnte, und du hast echten Schmuck verdient", mischte sich August ein. „Das wollten wir bei Levier klären."

Sonja sah ihn an und lächelte.

„Eure Sorgen waren aber unbegründet, nicht wahr? Wie schön!"

„Ja, es war alles in Ordnung", bekräftigte August noch einmal.

„Kommt, wir gehen in den Garten", wechselte Sonja das Thema. „Wir suchen uns dort ein schattiges Plätzchen und essen eine Kleinigkeit. Bärbelchen hat einen leichten Geflügelsalat vorbereitet."

Bärbelchen, die Haushälterin, war eine große, streng dreinschauende Frau. Sie trug ihr blondes Haar hochgesteckt und wirkte dadurch noch größer, als sie ohnehin schon war.

August betrachtete sie neugierig und dachte: „Hm, sie sieht eher nach einem Hausdrachen aus als nach einer Küchenfee. Wie gut, dass ich meine kleine, liebe Martha als Köchin habe."

Der Geflügelsalat war aber wirklich köstlich.

*****

Norbert Flasche kannte sich im Polizeipräsidium aus.

Drei Treppen hoch, Gang links, dritte Tür rechts, dort war das Büro von Walter Oberthäler.

Der Reporter klopfte an die Tür und öffnete sie bevor er hereingerufen wurde.

Der Kommissar war in eine Akte vertieft. Als er Norbert erblickte, schloss er die Mappe und legte sie zur Seite.

„Hallo, Norbert" , begrüßte er ihn und spuckte einen Pflaumenkern aus. Auf dem Schreibtisch stand eine Schale mit dicken gelben Pflaumen. Er steckte eine der saftigen Pflaumen in den Mund und sog genüsslich den Saft aus der Frucht.

„Eigene Ernte, lecker, musst du mal probieren. Was führt dich her?"

Ohne Umschweife brachte Norbert sein Anliegen vor.

„Ich habe gerade im Radio gehört, dass ihr den Fall Bürgerhausen gelöst habt, und wollte dich bitten, mir vorab einige Details zu verraten."

„Nix da", lachte Walter. Morgen früh geben wir eine Pressekonferenz, dann informieren wir euch neugierige Zeitungsmenschen ausführlich. Aber eins darf ich dir heute schon sagen ..."

Es klopfte. Ein Beamter öffnete die Tür einen Spalt breit.

„Entschuldigen Sie die Störung. Walter, kannst du einen Moment kommen? Es dauert nicht lange."

Der Kommissar stand auf, naschte noch einmal an den Pflaumen.

„Bin gleich wieder da Norbert. Bedien dich derweil."

167

Norbert Flasche schob den Teller mit den Früchten zur Seite und zog die Mappe, die Walter beiseite gelegt hatte zu sich herüber und öffnete sie. Die Schrift stand auf dem Kopf. Vorsichtig drehte er die Mappe um, damit er das Geschriebene lesen könne. Zuerst stutzte er, dann grinste er zufrieden.

„Das ist ja der Hammer", freute er sich, „die Story ist ja noch besser als die Geschichte mit Bürgerhausen!"

Eilig zog er sein Smartphone aus der Tasche und fotografierte alle vier Seiten des Dokuments. Die Mappe platzierte er wieder so, wie sie vorher gelegen hatte. Dann naschte er noch ein paar Pflaumen.

Als der Kommissar zurückkam war Norbert Flasche schon längst auf dem Heimweg.

Dienstag, 9. September

„Hasse keine Brötkes gekricht?" Siggi war sauer. „ Nee, ich war zu spät, die warn schon alle alle. Abba ich hab wat Besseres mitgebracht. Anne Bude liecht doch imma dat Essener Morgenblatt aus, und wat meinze, auffe Tittelseite vorne stand doch heute ganz groß, datt unsa feina Herr Professor Ogüst ein Vafahren von wegen Vasicherungsbetruch anne Backe hat. Ich hab dich die Zeitung mitgebracht. Hier kuck ma."
Erwin gab Siggi die Zeitung, und der überflog grinsend den Artikel.

„Um drei Milljohn, hat der Prof die Vasicherung übers Ohr gehauen, kannse dich dat vorstelln? Drei Milljohn. Zwei Jungs ausse Nachbarschaff ham die Klunker bei die Polezei gebracht. Dadurch is die ganze Schoose aufgeflogen.

Dat sin ganz clevere Büschkens gewesen, einer von die kannte den Cood von den Säf und den hamse dann leergeräumt. Und gezz kommt et, die Steine warn alle nicht echt. Stell dich mal vor, wir hätten die unechten Klunker mitgenommen. Dann hätten wir gezz Maläste mit die Hehlers!"

169

„Bekloppt, wie kann man son Schrott innen Tresor sichern!", wunderte sich Erwin.

„Dat war doch ne super Idee, so wollter die Milljohnen vonne Vasicherung kassiern, Pustekuchen! Gezz kommt er hinta Gitta."

„Da kanner schöne karierte Bilders malen."

„Aber dem sein Anwalt is bestimmt ein ganz ein Schlauen, der wird ihn schon ausse Klemme helfen. Wetten?"

*****

„Aus meiner tiefsten Seele zieht mit Nasenflügelbeben, ein ungeheurer Appetit nach Frühstück und nach Leben", murmelte August vor sich hin, während er die Treppe zur Veranda hinunter ging. Er musste an der Küche vorbei. Die Küchentür stand einen Spalt offen.

„Guten Morgen, meine liebe Martha", begrüßte er die Köchin.

„Herr Ogüst ist gut gelaunt", dachte Martha, denn so redet er nur, wenn er einen besonders guten Tag hat. Hoffentlich vergeht ihm die gute Laune nicht, wenn er die Zeitung liest."

„Gestern Morgen hatten wir doch Earl Grey, nicht wahr, meine Liebe?"

„Ja richtig, Herr Ogüst", antwortete Martha.

„Dann mach mir heute doch bitte einen Second Flush, meine Liebe. Aber lasse ihn bitte nur drei Minuten ziehen."

„Aber ja , Herr Ogüst.

Auf der Veranda war der Frühstückstisch gedeckt. Tatjana hatte bereits vor zwei Stunden gefrühstückt und behandelte jetzt schon ihre zweite Kundin.

Wie jeden Morgen lag die Zeitung neben dem Gedeck von August. Während er sich aus dem Brotkorb ein Rosinenbrötchen fischte und es dick mit Butter und Honig bestrich, überflog er den Artikel auf der Titelseite. Kopfschüttelnd biss er in sein Brötchen. Der Honig tropfte auf die Zeitung.

Martha brachte den Tee und sah ihren Herrn fragend an.

„Ist das wahr, was die Zeitung über Sie schreibt?" fragte sie vorsichtig.

„Ach, meine Liebe, das hat sich ein übereifriger Schreiberling ausgedacht. Zum großen Teil war es so, aber das ist alles Schnee von gestern."

Martha wunderte sich über seine Gelassenheit.

August tupfte mit seiner Serviette den Honig von der Zeitung.

„Der gute Herr Flasche konnte ja nicht wissen, was wirklich gewesen ist.

Auf dem Rückflug von München gestern Abend hat mir mein Freund Peter gestanden, dass er Herrn Weise von der Versicherung angerufen und ihn gebeten habe, die ganze Angelegenheit zu vergessen und rückgängig zu machen. Und Herr Weise hat es tatsächlich getan, es hat sich alles in Luft aufgelöst. Kannst du dir vorstellen, meine liebe Martha, wie erleichtert ich war? Mir ist ein Stein vom Herzen gefallen und ich musste vor Freude singen, einfach singen."

Und dann schmetterte August los:

„Froh, froh wie seine Sonnen fliegen
durch des Himmels prächt'gen Plan
laufet Brüder eure Bahn
freudig wie ein Held zum Siegen."

Er holte tief Luft.

„Ich habe mich ein wenig geschämt, weil ich mich nicht beherrschen konnte und habe mich in meinem Sitz ganz klein gemacht, aber die Mitreisenden haben applaudiert und ‚Bravo' und ‚da capo' gerufen, ich hatte also nichts Falsches getan."

Martha wusste nicht, was sie dazu sagen sollte, und schwieg.

August schlürfte seinen Second Flush und rieb sich die Hände.

„Der heutige Tag wird ein ganz besonderer. Ich beginne nämlich mit einer neuen Bilderserie. ‚Viel Blau mit Grün´ ist abgeschlossen. Vergangenheit. Dunkle Fichten, helle Birken, saftige Wiesen, darüber ein wolkenloser Himmel. Smaragde. Das ist mein neues Thema.“

„Die Bilder werden bestimmt sehr schön. Haben sie auch schon einen Namen für die neue Serie?“

Martha wartete gespannt auf die Antwort.

„Aber ja, meine Liebe, ‚Viel Grün mit Blau´.“

August lächelte zufrieden. Martha lächelte ebenfalls.

In diesem Moment öffnete Tatjana die Tür und blieb dort stehen.

„Hallo, ihr zwei“, grüßte sie schnippisch.

„Ich habe jetzt eine halbe Stunde Zeit. Mach mir schon mal einen Milchkaffee, Martha, ich gehe nur kurz nach oben und bin gleich wieder zurück.“

Hinter ihr wartete Dieter, der die Post für August in der Hand hielt. Als Tatjana die Tür freigab, konnte er eintreten.

„Komm, setz dich zu uns und trinke einen Kaffee mit uns", forderte August ihn auf.

Das Angebot nahm Dieter gerne an, und Martha ging wieder in die Küche.

„Heute ist Dienstag, orange Zeit. Ich habe den Pontiac für die Fahrt nach Dortmund startklar gemacht", berichtete er.

„Oh ja, ich bin sehr gespannt auf das Treffen mit den Kollegen." August schlürfte seinen Tee und lächelte zufrieden.

Martha brachte den Kaffee für Dieter und den Milchkaffee für Frau Ogüst herein und setzte sich neben ihren Mann.

„Weißt du schon, dass Herr Ogüst heute mit einer neuen Bilderserie beginnt?", fragte sie ihn, während sie die Zeitung zusammenfaltete und zur Seite legte.

„Ja, und?", fragte Dieter. Er war nicht sonderlich daran interessiert.

 Ein kurzer Schrei.

Gepolter.

Stille.

Dieter sprang auf und rannte aus dem Zimmer um nachzuschauen, was passiert war.

Mit Tatjana in seinen Armen kam er zurück. Er legte sie behutsam aufs Sofa.

„Genickbruch", erklärte er lakonisch.

„Ach, du meine Güte!", jammerte Martha und brach in Tränen aus.

August erstarrte in seinem Sessel. Reglos und stumm und blickte auf Tatjana.

Nach einer Weile sagte er: „Tatti, wach auf. Dein Kaffee wird kalt."

„Ihre Frau ist tot, Herr Ogüst", flüsterte Dieter ihm zu.

Martha schluchzte laut auf.

Jetzt erst begriff August, was passiert war.

Das Lied des Orpheus ging ihm durch Kopf.

„Ach, ich habe sie verloren!", sang er klagend und traurig.

Es tat ihm in der Seele weh, seine schöne junge Frau so leblos da liegen zu sehen.

Den weiteren Text summte er nur noch, weil er nicht mehr auf ihn zutraf.

„All mein Glück ist nun dahin,
wär´oh wär ich nie geboren,
 weh, dass ich geboren bin."

 Der Tod seiner Frau schmerzte ihn zwar, aber sein Leben war durch ihren Tod nicht sinnlos geworden.

Er hatte ja noch seine drei MMMchen: Seine Malerei, die seinem Leben Sinn gab, seine Musik, die ihm Freude machte und Martha, die

175

mit den Leckereien aus ihrer Küche für sein leibliches Wohl sorgte. Warum klagen?

Dieter hatte ein Decke über die Tote gelegt und verabschiedete sich, um den Hausarzt zu verständigen und weitere Formalitäten zu erledigen.
Martha räumte den Frühstückstisch ab.
Dabei beobachtete sie Herrn Ogüst, der mit geschlossenen Augen zusammengesunken in seinem Sessel kauerte.
„Geht es ihnen nicht gut, Herr Ogüst?" erkundigte sie sich. „Ist alles in Ordnung?"
„Ja meine, liebe Martha, es ist alles gut. Du kannst alles abräumen, gieße mir nur noch bitte eine Tasse Tee ein. Und jetzt möchte ich alleine sein."
Eine neue Idee beschäftigte ihn. Das Projekt „Viel Grün mit Blau" wollte er zurückstellen und dafür eine kleine Bilderreihe zum Gedenken an seine verstorbene Tatjana malen.
Drei Bilder sollten es werden, alle in Grün.
Das erste Bild sollte mit frühlingshaftem Grün die hoffnungsvolle erste Zeit seiner Liebe zu Tatjana darstellen, das Zweite den ernüchternden Alltag. Das Dritte, so stellte er es

sich vor, sollte mit stumpfem, schwärzlichem Grün das enttäuschende Ende widerspiegeln.

Die Bilderserie wollte er „Verlorene Hoffnung" nennen.

August war begeistert von dieser Idee und hoffte, nein er war schon jetzt davon überzeugt, dass seine Trilogie zu den herausragenden Kunstwerken des einundzwanzigsten Jahrhunderts zählen würde.

*****

Samstag, 20. September

„Samma, warum bis du feige Socke nich mit auffe Beerdigung gekomm?" fragte Siggi seinen Freund Erwin.

„In den schwatten Anzuch von dein Vatta siehste doch picobello aus."

„Ach Siggi, du weiss doch, dat ich nich gerne unter viele Menschens bin. Außerdem tun wir den Prof und seine Familie gaa nich kennen."

„Dat war doch nich das erste Mal, dat wir auffen Leichenschmaus bei fremde Leute gegangen sind. Und seit den letzten Geburtstag von den Prof sind wir doch irgenswie mit die Familie vabunden.

Aba war ja nich schlimm, datte nich mitgegangen bis, die Trauerhalle war sowieso zu klein für die vielen Leute, die meisten mussten draußen innen Regen stehn bleibn. Es war ja sooo am plästern! Der ganze Regen, den wa innen Somma nich hatte, is in die Stunde vonne Trauerfeier runtergekomm.

Versäumt hasse auch nix. Ohne Paster war die Beerdigung gaa nich so feierlich wie bei uns inne Kirche. Die Ogüsts sind bestimmt ausse Kirche ausgetreten und hatten nur son

178

professionellen   Trauerredner dabei, son mickeriget Männeken mit ne laute Stimme. Der hat sich keine große Mühe mit seine Rede gemacht, aba so viel Lob auf die Tote gehudelt, dat die beiden aufgetakelten Tussis neben mich nur gegibbelt haben. Die Tatti, ham se getuschelt, die hat den Alten doch nur von wegen seine Bekanntheit geheiratet, richtig geliebt hat se den nich.

Als er mitti Rede feddig war, wurdet auch inne Halle feucht. Der Prof hat nämlich mit seinen Gesang die ganze Gesellschaft übarascht. Dem seine Stimme war zuers ziemlich zitterig, aba dann hatt er sich gefangen und mit seinen tollen tiefen Bass ein so trauriget Lied gesungen, dat sogaa mich die Tränkens vonne Backe gekullert sind. Die Tussis neben mich taten flennen; ich glaube, dat bei all die Trauergäste kein Auge trocken geblieben is.

 Zu die Beerdigung bin ich nich mitgegangen, es war ja immer noch so am regnen und ich wollte dich doch ein Stücksken Kuchen mitbringen."

Erst jetzt zog Siggi das Mitbringsel aus seiner Tasche: Zwei Stückchen Streuselkuchen, die in eine Serviette eingewickelt waren.

„Die warn noch waam, wie ich die stibitzt hab, gezz sind se leider en bisken vadötscht", entschuldigte sich Siggi.

„Macht nix, tun trotzdem echt lecker sein", freute sich Erwin und verschlang sein Stück mit wenigen Bissen.

Siggi wischte sich die letzten Krümel vom Mund ab.

„Ach ja, dat muss ich dich auch noch erzähln.

Bei sein Gesang hat sich der Prof mit seine linke Hand auffen Tisch mit die Urne und die Kerzenleuchters abgestützt und da hab ich an sein Zeigefinger den dicken Herrenring gesehn. Und inne Mitte war son großen, grünen Stein. Manno, war dat ein Apparillo! In dat Licht von die Kerzen funkelte der, wie soll ich dich dat sagen, so richtich magisch. So wat hasse im Leben noch nich gesehn!"

„Kann ich mich vorstelln, wir wissen ja, wie der Prof teure Steine lieben tut. Hasse den Ring nich auch in den Tresor entdeckt, wieze die Klunkers von seine Frau abgestaubt has?"

Erwin grinste: „Oder besser gesaacht abstauben wolltes."

Siggi grinst ebenfalls.

„Nee, da taten nur die sieben Holzkästkens drin sein, sonst nix."

(Nur August kannte das Geheimnis des grünen Diamanten.

Tatjana sollte nicht in einem dunklen Grabe ruhen, sie sollte für immer bei ihm bleiben.)